우리만의 편의점 레시피

우리만의
편의점 레시피

범유진 지음

팀

차례

01
도도한 고양이가
될 거야

쿨하게, 고양이처럼 도도하게 혼자 잘 살 거다.

낯선 방에서, 낯선 창가에 몸을 기댄 채 결심했다. 아빠가 나를 모른 척하든 학교 애들이 왕따를 시키든 신경 쓰지 않고 마이 웨이로 살리라.

'세상이 나를 따시키는 게 아냐. 내가 세상을 따시키는 거지.'

집을 나온 건 충동적으로 한 일이었다. 아빠와의 말다툼이 문제였다. 요사이 나와 아빠가 다투는 이유는 늘 같았다.

슈크림빵이다.

* * *

오후 6시였다. 학교에서 돌아오니 아빠는 라면을 끓이고 있었다. 한 달 남짓한 날들 내내, 아빠의 저녁 식사는 라면이었다. 나는 가스레인지 앞에 선 아빠의 등을 보다가 냉장고에서 슈크림빵을 꺼냈다.

"아빠랑 같이 라면 먹어. 빵 먹지 말고."

아빠의 말에 아랑곳 않고 나는 식탁에 앉아 슈크림빵 봉지를 뜯었다. 아빠는 라면을 냄비째 식탁 위에 올려놓았다.

"빵 먹지 말라니까. 그걸로 식사가 되겠냐고."

"빵이나 라면이나."

젓가락을 내미는 아빠의 턱에는 수염이 까끌까끌하게 자라 있었다. 예전에 아빠는 늘 깨끗이 면도를 했었다. 엄마가 아빠의 수염을 싫어했으니까. 나는 아빠가 내미는 젓가락을 받아 들지 않았다. 슈크림빵만 크게 한 입 베어 물었다.

"상관하지 마."

"뭐? 상관하지 말라니. 무슨 말버릇이 그래, 너."

까끌까끌한 건 수염뿐만이 아니다. 아빠의 표정, 목소리, 집 안을 떠도는 공기까지 변해 버렸다. 아빠는 툭하면 얼굴을 찌푸리고 고함을 지른다. 바로 지금처럼. 나는 정수리에 꽂히는 아빠의 시선을 무시한 채, 보란 듯이 빵을 한입에 밀어 넣었다.

쾅. 요란한 소리에 놀라서 입 안 가득 차 있던 빵을 씹지도 않고 넘겨 버렸다.

"너, 계속 제멋대로 굴 거면 나가!"

아빠가 라면 냄비를 싱크대에 던진 거였다. 냄비에서 떨어진 라면이 부엌 바닥에 어지러이 흩어졌다. 아빠는 분이 차오른 듯 숨을 몰아쉬었다.

"나가라고!"

그 순간, 아빠가 목소리로 나를 때렸다.

"나가라고 하면 내가 못 나갈 줄 알아?"

나는 식탁 의자에 두었던 가방을 집어 들고 집을 뛰쳐나왔다. 쫓아오는 사람도, 불러 세우는 사람도 없는데 큰길가까지 쉬지 않고 달렸다.

'내가 왜 슈크림빵을 먹는지 알지도 못하면서.'

나는 상가의 피시방으로 향했다. 게임 속 건물이라도 때려 부숴야 분이 풀릴 것 같았다. 5,000원을 내고 미친 듯이 마우스를 휘두르고 있는데, 피시방 알바가 툭툭 내 등을 쳤다.

"너, 학생이지? 10시야. 나가."

그대로 피시방에서 쫓겨나듯 나왔다. 밤 10시 이후 청소년 피시방 출입 금지라는 법은 대체 누가 만든 걸까. 그 법을 만든 사람은 늦은 밤 집에 들어가지 못하고 길거리를 서성여 본 적 없는 게 분명하다. 아니면 친구가 엄청나게 많아서 집을 나와도 잠자리 고민따위는 하지 않아도 되는 파워 인싸였다거나.

나는 휴대폰의 주소록을 열고 가만히 노려보았다. 최근 통화 목록에는 내 베프였던 애의 이름과 번호가 떡하니 찍혀 있었다. 하루에도 두세 번씩 통화를 하고, 수시로 메시지를 주고받는 게 당연했던 사이였다. 석 달 전까지만 해도 그랬다. 하지만 지금은…….

됐다. 친구 따윈 없어도 된다. 언제든 나를 외면하지 않는 인터넷이 있으니까. 나는 휴대폰으로 '가출 청소년 잠자는 곳'을 검색했다. 몇십 개의 게시물이 떴다. 그런데 내용들이 영……. 한눈에 봐도 위험해 보이는 것들이 많았다. 패스. 이것도 패스. 그때, '청소년 쉼터'라는 단어가 눈에 들어왔다.

청소년 쉼터에서는 잠을 잘 수 있고, 밥도 먹을 수 있어. 아픈 곳도 치료해 줘. 이게 다 공짜야! 지금 내가 있는 곳에서 가장 가까운 쉼터는 여기서 알아볼 수 있어.

포털 사이트에 걸린 링크를 클릭했다. '한국청소년협의회'라는 사이트로 연결되었다. 정부에서 지원 및 평가를 한다니 위험하지는 않겠다 싶었다. 가장 가까운 곳에 있는 쉼터는 버스로 두 정거장 떨어진 곳에 있었다. 휴대폰 배터리가 한 칸 밖에 남아 있지 않아서 오래 망설일 수도 없다. 나는 사이트 속 번호로 전화를 걸었다. 전화를 받은 사람의 목소리는 적당히 무뚝뚝했다. 그래서 믿음이 갔다. 언제든지 찾아와도 좋다는 말에 당장 버스를 탔다. 버스는 금세 나를 익숙한 정류장에서, 집에서 멀어지게 해 주었다.

쉼터는 버스 정류장에서 꽤 떨어진 골목 안쪽에 있었다. 평범한 빌딩이었다. 사무실 문고리를 잡는데, 검은 그림자가 내 발등을 빠르게 스쳐 지나갔다. 문고리를 잡은 채 뒷걸음질 쳤다. 야옹. 그림자가 사라진 쪽에서 작은 울음소리가 났다.

'뭐야. 고양이잖아.'

나는 문을 열었다. 테이블보가 씌워진 둥그런 탁자에 놓인 서류를 보며 앉아 있던 여자가 고개를 들었다. 여자의 가슴에는 '상담팀 유혜정'이라는 이름표가 달려 있었다. 여자는 나를 보고 빙긋 웃으며 자리에서 일어났다.

"들어와. 방금 전화했던 애구나. 난 쉼터 선생님. 애들은 날 정쌤이라고 불러."

정쌤은 구석에 놓인 냉장고에서 주스 한 캔을 꺼내 탁자에 올려놓았다. 주스를 보자 갑자기 목이 말랐다. 주스가 탁자 위에서 이리 와 앉아, 하고 나를 유혹했다. 나는 주저주저 탁자로 가 정쌤과 마주 앉았다. 정쌤은 말했다. 입소 상담을 시작할까.

"우리 친구는 이름이 뭐니? 여기에 인적 사항 좀 적어 줄래?"

"이루다요."

나는 정쌤이 건네준 종이의 빈칸을 채웠다. 이름과 나이, 학교에 부모님 이름까지. 보호자의 전화번호를 적는 칸에서 나는 손을 멈췄다.

"사이트 봤니? 기본적으로 쉼터는 단기 쉼터랑 장기 쉼터로 나누어져. 우리는 단기 쉼터라서 최대 9개월까지 있을 수 있어. 9세부터 만 24세까지가 이용 대상이고. 통금 시간 같은 세세한 규칙은 천천히 알려 줄게. 오늘은 밤이 늦었으니까. 다 썼니?"

정쌤은 종이를 들여다보고는 빈칸을 가리켰다.

"보호자 연락처를 하나는 써야 해."

"안 쓰면…… 안 돼요?"

"그게 말이야, 미성년자는 보호자 동의를 받아야 여기 들어올 수 있거든."

"보호자 동의요? 여기, 부모님하고 문제 있어서 나온 애들도 있는 거 아니에요? 그럼 걔들은 어떻게 해요? 부모님한테 연락 못 할 텐데. 아니면 그런 애들은 쉼터 오지 말라고 만든 법이에요?"

"그게……. 가정 폭력 등이 있으면 따로 절차를 밟는단다. 혹시 그렇다면 말해 주렴."

순간 고민이 되었다. 아빠가 나를 때렸다고 거짓말이라도 해야 하나 싶었다. 하지만 경찰이 조사하면 거짓말인 게 금세 들통날 거였다. 나는 고개를 가로저었다.

"그럼 여기 번호 적어 주렴."

어쩔 수 없었다. 나는 꾹꾹, 볼펜을 눌러 가며 아빠의 전화번호를 썼다.

"여기요. 근데 지금 전화해도 안 받을 거예요."

저녁 10시 반. 아빠가 한창 일하고 있을 시간이었다. 아빠는 밤에 농산물 물류 센터에서 일했다. 그곳에서 흰 위생복을 입고, 마스크와 장갑을 끼고 채소를 씻었다. 저녁 8시에 시작해 아침 7시가 되어야 일이 끝났다.

"어머니나 다른 보호자는 안 계시니?"

"엄마는 돌아가셨어요."

정쌤은 탁자에 놓여 있던 파일 안에 종이를 끼워 넣었다.

"오늘은 늦었으니까, 일단 입소하자. 내일 아침에 선생님이 보호자에게 연락할게. 따라오렴. 참, 세면도구 있니? 휴대폰 충전기도 있으니까 빌려줄게."

나는 정쌤을 따라 빌딩 2층으로 향했다.

"1층은 사무실하고 식당, 거실하고 컴퓨터실, 공부실, 흡연실 같은 공동 공간이 모여 있어. 숙소는 다 2층에 모여 있고. 원래 1층에도 숙소를 뒀었는데, 작년에 이 동네에 속옷 도둑이 나타났다는 소문이 돌아서 다 2층으로 옮겼어. 우리 쉼터가 여성 전용이다 보니 그런 데 좀 민감해."

2층에는 '생활관'이라는 작은 푯말이 달려 있었다. 문을 열고 들어가자 신발장과 사물함이 한쪽 벽에 기대서 있었다. 나무 바닥이 깔린 일자형 복도에 일정한 간격으로 방문이 있었고, 방문과 방문 사이에는 방 호수가 적힌 팻말이 걸려 있었다. 게스트 하우스 같은 느낌이었다. 정쌤은 사물함에서 세면도구와 충전기를 꺼내 내게 건네주었다.

"여기다. 302호. 들어가면 왼쪽 이층침대 위쪽이 비어 있을 거야. 화장실은 이쪽. 선생님은 1층 숙직실에 있어. 사무실 바로 옆에. 다른 친구들은 다 자는 시간이니까 조용히 들어가렴. 인사는 내일 하자꾸나."

선생님이 한 방문을 열어 주었다.

틈새로 엿보인 방 안은 동굴처럼 어두웠다. 나는 한 발을 틈새에 밀어 넣은 채, 멈췄다.

"쌤, 아까요, 고양이 소리를 들었어요."

"아, 길고양이야. 가끔 안에 들어와서 제멋대로 자고 나가는 것 같더라. 낮에도 종종 어슬렁거리니까 또 볼 기회가 있을 거야."

나는 고개를 끄덕였다. 정쌤이 1층으로 내려가고 나서야 나는 세면도구를 움켜쥐고 방 안으로 들어섰다. 새근거리는 숨소리에 살금살금 발끝으로 걸어 침대까지 갔다. 침대 위 칸으로 연결된 사다리를 올랐다.

어릴 적에 이층침대 위 칸에서 자는 걸 몹시 꿈꿨던 때가 있었다. 나는 형제가 없고, 우리 집은 침대를 놓을 만큼 넓지 않았다. 아빠와 엄마와 나는 거실에 이불을 깔고 셋이서 함께 잤다. 그때마다 엄마는 약속했었다. "루다가 초등학교에 들어가면 침대를 사 줄게. 이층침대. 1층에서 아빠랑 엄마가 자고, 2층에서 루다가 자면 되겠다." 하고. 초등학교를 졸업할 때에는 "중학교에 들어가면." 이 되었다. 물론 중학교 입학 후에도 우리 집에 침대는 생기지 않았다. 내가 중학교에 입학했다고 좁은 집이 갑자기 짠 하고 넓어질 리는 없는 일이었다. 이대로 이층침대는 영원히 물 건너가는구나 싶었다.

설마 이렇게 이층침대에서 자게 되는 일이 생길 줄이야. 그토록 원하던 침대 위 칸인데 이렇게까지 안 신날 줄이야. 신나기는커녕 다이아몬드 무늬가 촘촘히 그려진 천장 무늬가 낯설기만 했다. 나는 애벌레처럼 이불을 몸에 둘둘 말고 옆으로 웅크려 누웠다.

'아빠가 연락을 받으면 뭐라고 할까.'

꼬물꼬물 손을 뻗어 베개 옆에 놓은 휴대폰을 집어 들었다. 한 칸 남은 배터리가 위태롭게 깜빡이고 있었다. 당장 충전해 주지 않으면 너와 연결되어 있는 사람들을 모두 끊어 버리겠다고 협박이라도 하는 듯이. 확인하지 않은 메시지도, 부재 중 전화도 없었다.

내일 아침이 되면 아빠는 나를 데리러 올까.

'모른 척할지도 몰라. 나가라고 한 것도 아빠잖아.'

아빠는 변했다. 엄마가 세상을 떠난 후, 다른 사람이 되어 버렸다.

* * *

한 달 전, 엄마가 없어졌다.

아빠는 엄마를 좋아했다. 누가 봐도 알 수 있을 정도로 너무나 좋아했다. 아빠는 물류 센터 일을 가기 전, 오후 2시부터 5시까지 중국집에서 배달 일을 했다. 오후 5시부터 8시까지는 잤다. 이때 자는 잠이 가장 꿀잠이라고, 하루 중 가장 기다려지는 시간이라고 아빠는 말하곤 했다.

그렇지만 엄마가 좀 일찍 퇴근하는 날이면 아빠는 그 꿀잠을 포기한 채 된장찌개를 끓이고 생선을 구웠다. 엄마가 아빠의 된장찌개가 가장 맛있다고 했다는 게 이유였다. 가끔 아빠의 출근 시간과 엄마의 퇴근 시간이 절묘하게 겹쳐 함께 저녁 식사를 할 수 있으면 그것만으로 아빠는 입이 함박만큼 벌어졌다.

엄마가 세상을 떠나던 날도 아빠는 된장찌개를 끓여 놓고 나갔다. 소화제도 밥그릇 옆에 놓아두었다. 엄마는 가슴이 저리고 소화가 잘 안 된다며 자주 약을 먹었다. 그즈음에는 더 자주, 많은 약을 먹었다. 종종 새벽에 헛구역질을 하기도 했다. 그때마다 아빠는 엄마의 손바닥을 꾹꾹 눌러 주며 말했다. "병원에 가, 자기야."

엄마의 대답은 늘 같았다. "바쁜 일이 좀 마무리되면 갈게." 엄마는 아침 8시부터 오후 5시까지 동대문 의류 시장에서 옷을 팔고, 저녁에는 미용 자격증 공부를 했다. 엄마가 바쁘지 않은 날은 없었고, 그래서 병원에 갈 날은 점점 뒤로 미루어지기만 했다.

그날 새벽에 엄마는 심하게 토했다. 오늘은 꼭 일찍 퇴근하고 병원에 가야겠어, 하고 결심한 듯 말했다. 그리고 엄마는 그날 오후, 병원으로 가던 버스에서 쓰러졌다.

심근경색이었다. 나는 그게 뭔지도 몰랐다. 심장에 산소와 영양이 가지 않게 되는 병이라고 했다. 그러니까 내가 이층침대 운운하고 있던 사이에도, 엄마의 심장은 숨 쉬지 못해 바짝바짝 말라 가고 있었다는 이야기였다.

아빠를 따라 병원에 가는 내내 나는 깡말랐던 엄마의 손과, 그만큼 말랐을 엄마의 심장을 떠올렸다. 살찌웠어야 했는데. 아빠의 된장찌개로 부족했다면 나도 무엇이든 했어야 하는 건데. 쓸데없는 후회를 했다.

엄마는 병원으로 옮겨지기도 전에, 세상을 떠났다. 나와 아빠는 남겨졌다. 엄마의 장례식. 화장터 전광판에 뜨던 이름. 그 일들은 급하게 먹어야 하는 밥처럼 꾸역꾸역 밀려왔다. 나는 체했다. 아빠도 체한 게 분명했다. 그 일들을 끝내고부터 아빠가 변한 건 체해서인 거다. 엄마가 없는 날들을 소화시킬 수 없었던 것이다. 내가 그렇듯이.

아빠는 엄마를 좋아했다. 딸인 나보다 훨씬, 아주 많이. 아빠의 생활은 엄마를 기준으로 빙글빙글 돌았다. 나는 가끔 아빠가 나를 '우리 딸'이라고 불러 주는 건 말 그대로 '우리', 그러니까 아빠와 엄마의 딸이기 때문이라서가 아닐까 생각했다. 엄마가 낳은 아이니까, 엄마를 사랑하니 그 아이도 사랑하는 게 당연하니까, '이루다' 라는 사람 그 자체를 사랑하는 건 아닐지도 모른다고 말이다.

엄마는 이제 없다. 그렇다는 건, 아빠가 나를 사랑할 이유도 사라졌다는 거 아닐까.

아빠는 이제 웃지 않는다. 더욱 바쁘게 일할 뿐이다. 나와 말도 잘 안 하고, 가끔 마주칠 때면 잔소리를 하고 화를 낼 뿐이다. 된장 찌개도 끓이지 않는다. 한동안 나는 밥을 지었다. 아빠와 엄마가 했듯이 아침마다 밥솥에 쌀을 넣고 취사 버튼을 눌렀다. 하지만 밥은 늘 남았다. 나 혼자 먹었으니까. 그래서 나는 밥하는 걸 그만두었다.

* * *

"루다야, 아버지와 통화했어. 루다 네가 원하면 한 달은 여기 있어도 된대. 한 달간 아버지가 집을 비우신대. 친척도 없어서 루다 널 혼자 두는 게 걱정이었다고, 잘 부탁한다고 하시더라. 동의서를 팩스로 보내 주셨어. 어떻게 할래? 집으로 돌아갈래?"

다음 날 아침, 정쌤이 내게 말했다. 나는 단호하게 대답했다.

"안 돌아갈래요."

방으로 돌아와 보니 내 휴대폰은 껌뻑임을 멈추고 까맣게 죽어 있었다. 정쌤이 빌려준 충전기는 내 휴대폰과 맞지 않았다. 나는 침대에 드러누워 이불을 뒤집어썼다.

'한 달뿐인가. 영영 안 돌아갈 거야.'

이불 안은 너무 조용했고 바깥 어디에선가 야옹, 고양이 울음소리가 들렸다. 나는 이불 안에서 빠져나와 침대 아래로 내려갔다. 방 창문 밖으로 고개를 빼고 아래를 살펴봤다. 낮은 소리로 "야옹아!" 불러 보았지만 고양이는 돌아보지도 않고 사라졌다. 고양이의 긴 꼬리 끝이 건물의 낮은 담벼락 아래로 빠르게 사라지는 것만 보였다.

"참 도도하구나, 너."

이미 사라진 고양이는 내 중얼거림에 답하지 않았다.

'날 필요로 하지 않는 아빠 따위, 내 쪽에서 먼저 버려 줄 거야.'

불러도 자기 갈 길 가는, 혼자서도 잘 돌아다니는 고양이가 되고 싶어졌다. 야옹, 작게 고양이 울음소리를 흉내 내 보았다.

나는 혼자서도 잘 살 거다. 도도한 고양이가 될 것이다.

02

언제 터질지 모르는
폭탄 같아

돈을 벌어야 한다.

쉼터에서 지낸 지 사흘째, 돈이 간당간당하다. 슈크림빵을 사는
데도 하루에 1,000원씩은 필요했다. 집을 나올 때에는 2만 원이 있
었는데 사흘이 지난 지금은 달랑 5,000원짜리 한 장만 남았다. 쉼
터에서는 일주일에 3,000원씩 용돈을 준다고 했다. 고작 3,000원이
라니. 학교에 오고 갈 차비도 안 되었다.

'아르바이트를 구해야 해.'

문제는 아르바이트를 구할 때에도 보호자 동의가 필요하다는
거였다. 작년에 분식집에서 아르바이트를 할 때에도 동의서에 아
빠 사인을 받아야 했었다. 그때야 별문제 없었지만 지금은…….
아르바이트를 하겠다고 아빠에게 연락하기는 싫었다.

'내가 아빠인 척 사인해도 안 들킬 거야. 다른 방법이 없잖아.'

동의서를 형식적으로 받을 만한 곳, 사인이 좀 이상해도 확인 전화를 하지 않을 만한 곳이 있을까. 틈날 때마다 쉼터 컴퓨터실에서 아르바이트 사이트를 뒤적였지만 마땅한 곳을 찾을 수가 없었다.

학교에 가서도 내내 아르바이트 생각만 했다. 어차피 다른 할 일도 없었다. 내게 말을 거는 애들도 없었으니까. 아무래도 쉬는 시간이나 점심시간에 멍하니 혼자 앉아 있는 것은 쉽게 익숙해지지 않는다. 그것이 의도된 무시로 만들어진 침묵이기에 더욱 그랬다.

지금 나는 소위 은따를 당하고 있다. 석 달쯤 됐다. 사흘 전부터는 왕따로 전환된 것도 같다. 은따와 왕따의 경계선은 간단하다. 그림자 취급을 받느냐, 샌드백 취급을 받느냐.

"이루다, 걔 쉼터에 산다더라."

내가 쉼터에 들어갔다는 소문은 이미 반 전체에 퍼졌다. 쉼터에 우리 반 애가 있는 것도 아닌데 대체 어떻게 알았는지 모르겠다. 내가 음모론자였다면 반의 누군가가 나를 미행한다고 의심했을 거다.

"웬일. 집 나온 거야?"

"쟤네 아빠 엄청 젊잖아. 새엄마 생겨서 쫓겨났나 보지."

내 바로 앞에서 나 들으라는 듯 떠드는 게 괴롭히려는 의도가 아니면 뭐겠는가. 샌드백 확정. 아무래도 왕따로 전환된 게 맞다.

아빠는 젊다. 아빠와 엄마는 스무 살이 되자마자 나를 낳았고, 다음 해에 결혼했다. 중학교 운동회 때 아빠를 본 친구들은 입을 모아 말했다. 루다 아빠는 진짜 젊고 멋있다, 하고. 배 나온 아저씨들 사이에서 아빠는 확실히 눈에 띄었다. 아빠라기보다는 삼촌, 혹은 나이 차이가 많이 나는 오빠 정도로 보였다.

'부러워하던 건 언제고. 유치하다, 진짜.'

나는 고개를 세우고 애들을 노려보았다. 이럴 때 괜히 기죽은 티를 내면 그거야말로 지는 거다. 게다가 난 이미 도도한 고양이로 살기로 결심한 터였다. 미워하려면 미워해라, 하는 마인드로 계속 노려보았다. 애들은 슬그머니 입을 다물었다.

내가 이겼다. 이루다 승리.

그다지 기쁘지 않은 승리였다. 애들을 노려보느라 화장실에 가는 것도 깜빡 잊어서 더 그랬다. 수업이 시작되고 10여 분 후, 너무나 화장실에 가고 싶어졌다. 그렇다고 손을 들고 화장실 다녀올게요, 할 수는 없었다. 은따를 당할 때에는 그런 행동 하나에도 신경써야 한다. 화장실이라는 말이 나옴과 동시에 반 애들은 또 키득거릴 거였다. 더럽게, 수업 시간에, 쟤 큰 거 보러 가나 보다, 생리하나 보지 등등. 다수가 한 사람을 괴롭힐 때, 그 다수가 얼마나 유치해질 수 있는지를 나는 이미 안다. 내가 반 애들의 첫 번째 타깃이 아니니까.

나는 선생님이 칠판을 향해 뒤돌아선 틈을 타서 슬그머니 뒷문으로 교실을 빠져나왔다. 조용한 복도를 걸어 화장실로 가 변기에 앉아 있는데 옆 칸에서 모락모락, 흰 연기가 넘어왔다. 누군가 담배를 피우고 있는 게 분명했다.

'수업 중에 숨어서 담배라니. 참 간도 크네.'

학부쌤에게 잡히면 얄짤없을 텐데 싶었다. 학년부장 선생님 이백곤. 깐깐한 원칙주의자로, 사소한 일이라도 교칙을 어기면 바로 벌점을 준다. 복장 규정에는 양말을 두 번 접어 신으라고 되어 있는데, 한 번 접어 신었다고 벌점. 당장 생리통으로 허리가 끊어질 것 같은데도 진단서 없으면 조퇴 불가 등등. 학생들에게 손찌검을 하는 것도 아닌데 애들이 다 학부쌤을 싫어하는 건 그런 이유에서다. 게다가 손찌검만 안 하지 언어폭력은 마음껏 한다. "공부를 못하니 교칙도 못 외우지. 머리 나쁘면 손바닥에 써 가지고 다니던가." 노골적인 욕보다 그런 빈정거림이 더 기분 나쁘다.

옆 칸에서 담배 연기가 사라졌다. 나는 화장실 변기 칸에서 나왔다. 옷에 담배 냄새가 밴 것 같아 찜찜했지만 별수 없었다.

"거기 너. 당장 이리 와!"

망했다. 하필 그때 학부쌤이 복도를 지나갈 건 뭐란 말인가. 복도를 지나가던 학부쌤은 내가 머뭇거리자 화장실 앞으로 성큼성큼 걸어왔다.

"수업 시간에 담배를 피워?"

"제가 피운 거 아니에요. 전 그냥 화장실에 있었다고요."

억울했다. 학부쌤은 내 항변을 들은 척도 안 하고 나를 위아래로 훑어보았다.

"너, 걔구나. 유 선생님 반에 쉼터 들어갔다던 애. 유 선생님이 걱정하던데 걱정할 만했네. 쉼터에서 나쁜 것만 배워서는. 담배 내놔. 이름하고 반, 번호 부르고!"

"저 아니라고요! 그리고……."

억울함이 한꺼번에 몰려오니 말도 잘 안 나왔다.

'쉼터 이야기가 여기서 왜 나와? 쉼터에선 무조건 나쁜 걸 배운다는 거야? 왜?'

그때 퍼뜩 떠오른 건 현진 언니였다. 눈 아래 까만 그늘이 드리워졌던 현진 언니의 얼굴. 언니는 내게 말했었다. 말하지 마, 하고.

* * *

쉼터에서 나와 같은 방을 쓰는 사람은 두 명이다. 스무 살 현진 언니와, 나와 동갑인 도희다. 도희는 내 침대 아래층을, 현진 언니는 맞은편 침대 아래층을 쓴다. 현진 언니는 쉼터 생활 3개월째로, 고등학교를 졸업하고 엄마와 단둘이 고시원에서 지내다가 쉼터에 왔다고 했다. 쉼터 생활 6개월째인 도희는 가출팸을 나온 후부터

여러 쉼터를 옮겨 다니고 있다고 했다. 도희는 학교도 안 가고 매일 쉼터에서만 지냈는데, 심심하다고 툭하면 내게 달라붙었다. 살짝 귀찮았지만 도희 덕분에 쉼터에 빨리 적응할 수 있었다.

"담임한테는 쉼터에서 지내게 되었다는 거 말해야겠죠?"

쉼터에 입소한 다음 날 저녁, 내 말에 현진 언니는 고개를 가로저었다.

"말하지 마."

"왜요? 쉼터 통금 시간도 있잖아요. 담임한테는 말해 놔야 편하지 않아요?"

"담임한테 이야기하면 누구든 알게 될걸. 소문이라는 게 참 빨리 퍼져. 쉼터에서 지낸다는 소문 퍼져서 좋을 것도 없고."

도희가 불쑥 끼어들었다.

"현진 언니, 저번 알바 하던 곳에서 도둑으로 몰렸거든. 쉼터 산다고. 그 레스토랑 점장, 지금 생각해도 재수 털려."

현진 언니는 레스토랑에서 아르바이트를 했었다. 하루는 그 레스토랑 포스에서 30만 원이 비었는데, 점장이 바로 현진 언니를 범인으로 몰아세웠다. 아무런 증거도 없었고 심지어 현진 언니는 마감조도 아니었다. 현진 언니가 결백을 주장하니 점장이 그랬단다. "너 쉼터인가 거기서 지내잖아. 너만큼 돈 급한 애가 여기 있어?"라고. 도희의 이야기를 듣는데, 믿기지가 않았다.

"쉼터에서 지낸다는 것만으로 사람을 의심한다고요?"

현진 언니는 나를 가만히 바라보다가 되물었다.

"루다 너는 쉼터 오겠다고 마음먹었을 때 무섭지 않았어? 불량한 애들만 있을 것 같아서 오기 망설여졌다거나."

처음 쉼터를 검색했을 때를 떠올렸다. 망설이긴 했었다. 믿을 수 있는 곳인가 하고. 하지만 나처럼 쉼터를 검색하고 있을 사람들을 의심하지는 않았다. 그들은 나와 비슷한 아이들일 테니까. 내가 의심하고 걱정한 건 아이들을 이용하려는 어른들이었다.

"쉼터에 있는 애들은……. 문제를 일으킨 애들도 있겠죠. 그렇지만 결국 집이 필요해서 쉼터로 온 거잖아요. 그냥 그것뿐인데, 그것만으로 의심하는 건 이상하잖아요."

현진 언니가 가늘게 한숨을 내쉬었다. 언니의 긴 속눈썹이 그늘을 만들어서 현진 언니의 얼굴 전체에 음영이 졌다.

"이 세상에 루다 너처럼 편견 없는 사람만 존재하면 참 좋을 텐데."

어쨌든 가능하면 말하지 마, 언니는 다시 한번 내게 다짐이라도 받듯 말했다. 현진 언니의 얼굴이 너무 쓸쓸해 보여서 나는 고개를 끄덕였다. 하지만 다음 날, 결국 담임에게 말하게 되었다. 교과서도 체육복도 몽땅 집에 두고 나온 탓이었다. 매 수업 시간마다 지적을 받다가 결국 교무실에 불려가 대체 왜 교과서를 하나도 안 들고 왔냐고, 혹시 집에 또 문제라도 생겼냐는 담임의 질문에 달리 대답할 말이 없었다. "쉼터에서 생활하게 되어서요."라고 말할 수밖에. 그 순간 교무실 안 사람들의 시선이 모두 내게 쏟아졌다. 담임은 그 이상 캐묻지 않았다. 그렇구나, 했을 뿐이었다.

그러니 별문제 없이 마무리되었다고 생각했었다. 현진 언니의 걱정은 쓸데없는 거였다고, 편견 없는 사람도 이 세상에는 많다고 말이다.

* * *

그랬었는데 설마, 학부쌤에게서 그런 말을 들을 줄이야. 현진 언니가 도둑으로 몰렸을 때 얼마나 억울했을지 뼈저리게 공감했다. 벌점을 받을지도 모른다는 걱정 따위는 억울함에 밀려 생각도 안 났다.

"그리고! 제가 어디에 살든 그건 상관없잖아요!"

나는 가쁜 숨을 크게 한 번 몰아 내쉬고, 받쳐 오르는 말을 쏟아냈다.

"뭐?"

"담배 안 피웠다고요. 제가 어디에 살든 말든, 왜 제대로 알아보지도 않고 제 잘못으로 몰아가시는데요? 선생님이 잘못 안 거면, 저한테 미안하다고 하실 거예요?"

"이 녀석 보게나. 아주 버릇이 없네. 어딜 대들어. 감히 선생님한테."

"선생님이 선생님다워야 존경을 하죠."

학부쌤의 표정이 단번에 일그러졌다.

"뭐? 야! 너, 당장 교무실로 따라와. 학교 계속 다니고 싶으면!"

코에서 씩씩 콧김을 뿜어내는 학부쌤은 성난 황소 같았다. 고양이쯤은 단번에 밟아 죽일 수 있을 것 같은 커다란 황소. 평소라면 그쯤에서 나는 몸을 사렸을 터였다. 난 공부를 엄청 잘하지는 못해도 큰 말썽도 부린 적 없는 학생이었으니까.

하지만 그 순간, 나는 폭발했다.

"안 다녀요, 이딴 학교!"

나는 학부쌤의 호통을 덮어 버릴 만큼 꽥 소리를 질렀다. 학부쌤은 내가 그렇게 나올 거라곤 생각지 못했는지 한 발 뒤로 물러섰다. 나는 학부쌤의 옆을 지나 교실로 가 드르륵 소리가 나게 문을 열고 들어갔다. 순간 반 애들의 시선이 내게로 쏟아졌다. 나는 내 자리에서 가방을 들고 나왔다. 학부쌤은 벙찐 표정으로 복도에 서 있었다. 한낱 고양이 앞발에 할큄을 당한 황소처럼. 나는 등을 꼿꼿이 펴고 빠른 걸음으로 계단을 내려왔다. 내가 운동장을 반쯤 지났을 때에야 등 뒤에서 성난 목소리가 들려왔다.

"야, 너, 거기 안 서! 너 정학이야, 정학!"

안 들리는 척, 그대로 운동장을 가로질러 교문을 나와 버렸다.

하지만 막상 나오니 갈 곳이 없었다. 오전 11시였다. 쉼터에 너무 일찍 돌아가면 학교를 뛰쳐나온 걸 정쌤에게 들킬 거였다. 쉼터 규정에 다니던 학교를 그만두면 벌점을 받는다거나 하는 게 있었나. 쉼터 규칙이 적힌 종이를 대충 보고 덮어 버렸던 과거의 내가 싫어졌다. 5월의 햇살이 머리카락에 따뜻하게 내려앉는 것도, 길거리에 장미꽃 봉오리가 곱게 고개를 내민 것도 다 마음에 안 들었다.

'날씨는 왜 좋은 거야. 내 기분이 이따위인데!'

어쩐지 온몸이 안절부절, 가만히 있을 수가 없었다. 마구 뛰고, 쾅쾅 발이라도 구르고 싶었지만 꾹 참았다. 길 한복판에서, 그것도 교복을 입고 그랬다가는 너무나도 눈에 띌 테니까. 꾹 참고 버스 정류장까지 갔다. 버스에 앉아 달달달, 무릎을 떨었다.

아빠와 싸우고 집을 나온 이후로, 새끼손가락 한 마디만큼 작은 폭탄들이 내 온몸에 돌아다니는 것만 같다. 조금만 툭 건드리면 쾅 하고 터져 버리는 폭탄들. 이것들이 아니었으면 학부쌤에게 대들지도 않았을 거였다. 학교를 뛰쳐나오지도 않았을 거고……. 그러니까 이건 다, 아빠 때문이다.

쉼터에서 가까운 정류장을 지나 다음 정류장에서 무작정 내렸다. 이전에도 영화를 보러 몇 번인가 온 적 있는 곳이었다. 나는 버스 정류장에 서서 천천히 주변을 둘러보았다. 대로 한복판 정류장을 중심으로 왼쪽으로는 지하철과 연결된 백화점과 상가들이 있고, 오른쪽으로는 5, 6층짜리 오피스텔 건물들과 약간 허름해 보이는 가게들이 있었다.

'아르바이트 자리라도 찾아볼까. 직접 돌아다니면 괜찮은 곳을 발견할 수도 있잖아.'

왼쪽으로 갈까, 오른쪽으로 갈까. 망설이다 한 번도 가 본 적 없는 오른쪽으로 길을 건넜다. 프랜차이즈 가게들은 부모님 동의서를 엄격하게 체크하지만 작은 개인 가게들이라면 좀 덜하지 않을까 싶었다.

나는 대로변에서 안쪽 길로 들어가, 오피스텔과 상가 사이를 기웃거렸다. 세무서와 약국, 한의원이 다닥다닥 붙어 있는 골목을 지나 더 안으로 들어갔다. 안쪽으로 들어갈수록 문을 연 가게의 수가 적어졌다. 아예 셔터를 내린 가게들이 많았고, 인기척도 뜸했다. 한참 안쪽으로 들어가다 골목 끝에 도착했다.

나무 한 그루가 서 있었다.

나무는 양팔을 있는 힘껏 벌려도 나 혼자서는 둥치의 절반도 껴안을 수 없게 커다랬다. 이 정도로 큰 걸 보면 꽤 나이 든 나무가 아닐까. 풍성한 초록색 이파리가 인사라도 하듯 하늘하늘 가볍게 흔들렸다.

'이런 데 웬 나무?'

빌딩 틈 사이에 나무라니. 나는 느닷없이 나타난 나무에 시선을 빼앗겼다. 나무의 끝을 따라 쭈욱, 고개를 들어 하늘 쪽으로 시선을 올렸다. 그러다가 봤다. 나무 뒤에 숨은 듯이 간판이 걸려 있었다.

[아름 시장에 오신 것을 환영합니다]

나는 간판에 시선을 고정하고 나무의 옆을 지나 좀 더 안쪽으로 들어갔다. 나무 뒤로 사람 두 명이 간신히 들어갈 만한 좁고 긴 아케이드가 있었다. 천장이 유리로 덮인 아케이드는 꼭 동굴처럼 보였다.

살그머니 아케이드 안으로 한 발을 내디뎠다. 상가 벽에는 알록달록한 벽화가 그려져 있었지만 문을 연 곳은 한 곳도 없었다. 곳곳에 '재개발 반대'라는 문구만 쓰여 있을 뿐이었다. 빨강과 노랑, 파랑으로 칠해진 벽을 구경하다가 아케이드의 끝에 도착했다.

있었다. 문을 연 가게가 그곳에 딱 하나.

[아름 편의점]

나무의 이파리 색을 닮은, 윤기 나는 초록색 간판이 반짝였다.

03
없는 게 없는 편의점

미묘하다.

나는 편의점 진열대에 놓인 슈크림빵을 하나 집어 들었다. 호기심에 들어와 본 편의점에는 없는 게 없었다. 지나치게 없는 게 없었다. 계산대 앞 진열대에는 커다란 무가 통째로 놓여 있었고, 씻지도 않은 딸기가 소쿠리에 가득 담겨 있었다. 편의점에서 채소나 과일을 조금씩 포장해 파는 건 본 적 있지만 이렇게 통째로 진열되어 있는 건 처음 봤다. 게다가 그 진열대에는 떡하니 '공짜로 가져가십시오'라고 쓰여 있었다. 채소와 과일을 나누어 주는 편의점이라니, 들어 본 적도 없었다.

나는 계산대로 향했다. 계산대 너머에 손등 곳곳에 검버섯이 핀 할아버지가 앉아 책을 읽고 있었다. 내가 슈크림빵을 계산대에 내려놓자 할아버지가 고개를 들어 나를 봤다.

"계산해 주세요."

할아버지는 슈크림빵을 집어 들었다. 그러고는 스캐너를 들더니 포스기를 한참이나 바라보았다. 아무리 기다려도 스캐너는 작동되지 않았고 할아버지는 점점 더 포스기 화면으로 얼굴을 들이밀었다. 5분쯤 지났을 때에는 숫제 포스기 안으로 들어갈 태세였다.

"저기요, 제가 할까요?"

기다리다 못해 나섰다. 나는 계산대 안으로 들어가서 포스기 앞에 섰다. 작년에 분식집 아르바이트를 할 때 포스기 작동법을 배워놓은 터였다. 슈크림빵 가격을 찍고, 지갑에서 1,000원짜리를 꺼내 포스기에 넣고, 거스름돈을 꺼냈다. 진정한 셀프 계산이었다.

"잘하는군요."

할아버지가 감탄했다. 포스기 쓰는 걸로 칭찬을 받을 줄이야.

"그럼 전 갈게요."

편의점을 나가려는데 남자 네 명이 우르르 편의점 안으로 들어왔다.

"이런 데에 편의점이 있었네."

"그러게. 여기 시장 다 망한 줄 알았는데. 우리 회사에선 이쪽이 더 가깝겠어."

"앞으로는 담배 사러 여기로 와야겠네. 할아버지, 말보로 한 갑이요."

남자들은 저마다 담배를 주문했다. 할아버지는 천천히 담배를 한 갑씩 찾아내서 역시 천천히 계산대에 내려놓았다. 느리기가 거의 나무늘보 수준이었다. 웃고 떠들던 남자들의 표정이 점점 굳어갔다. 할아버지는 스캐너를 들고 또다시 포스기의 화면을 노려보았다.

"할아버지, 빨리 좀 해 주세요."

한 남자가 짜증 섞인 목소리로 말했다.

"미안합니다. 내가 이거를 쓰기 시작한 지가 일주일이 안 되었어요. 배우고 또 배웠는데도 자꾸 잊어버립니다."

할아버지는 고개를 숙여 정중히 사과했다.

"그건 우리가 알 바 아니고요. 빨리 계산해 주세요. 담배 피운다고 슬쩍 나온 거니까."

"예, 알았습니다."

그래도 할아버지의 손은 움직일 생각을 안 했다. 결국 나는 남자들 틈을 비집고 계산대 안으로 다시 들어갔다.

"제가 해 드릴게요, 계산."

나는 할아버지 손에서 담배와 스캐너를 건네받았다.

"뭐야, 알바생이 있었으면 진작 나서서 계산을 했어야지."

"하여간 요즘 애들은 이게 문제야. 자기 일인데도 통 적극성이 없어. 학생, 빨리 계산해 줘. 그거 계산하고, 얼음컵에 커피 파는 거 있지? 그것도 하나 만들어 주고."

분식집 아르바이트를 할 때에도 하루에 몇 명씩 있었다. 셀프로 뽑아 먹게 놔둔 커피를 알바생인 내게 굳이 뽑아 달라고 하는 아저씨들이. 분식집에만 있을 줄 알았던 커피 진상이 편의점에도 있을 줄이야. 이게 바로 진상 질량 보존의 법칙인가 보다.

"커피는 셀프 제작입니다. 냉장고에 얼음컵 있고요. 봉지 커피 있으니 사서 만드세요. 영수증 드릴까요?"

계산을 마친 담배를 내밀자 커피 타령을 했던 남자는 신경질적으로 담배를 낚아채 갔다.

"어린 게 건방지게. 이러니까 교복 입고 이 시간에 알바나 하고 있지. 야, 가자. 이 편의점 서비스가 영 엉망이네."

"애한테 왜 그러냐, 너는."

"애라도 손님은 제대로 대해야지. 안 그래?"

남자들이 뒤돌아 나가려 할 때였다. 느릿하게 계산대 밖으로 나간 할아버지가 커피를 요구했던 남자의 등을 쿡 찔렀다.

"손님, 잠시 실례합니다."

남자들이 뒤돌아봤다.

"뭔데요?"

"학생에게 사과하고 가세요."

"사과요? 뭘요?"

남자는 할아버지를 노려보았다. 커피를 요구했던 남자와 함께 온 사람들이 곁눈질로 서로 눈치를 봤다.

"편의점에서 커피를 만들어 주는 게 의무는 아닌데 왜 학생에게 요구를 합니까. 게다가 그런 무례한 말까지 하다니. 어른으로서 부끄러운 줄을 아세요."

할아버지의 목소리가 참 좋다는 생각이 들었다. 굵직한 울림이 있는 저음의 목소리. 어쩌면 할아버지는 성우였을지도 모르겠다. 아니면 은퇴한 무명 가수라던가. 그것도 아니면 유명하지만 숨어 지내는 고고한 철학자일지도. 분식집에서 커피 진상을 만날 때마다 상상했었다. 누구든 나 대신 진상에게 한마디 쏘아붙여 주는 광경을. 아르바이트생인 데다가 어린 내가 말해 봤자 예의 없다고 핀잔이나 들을 뿐이었으니까.

"이 할아버지가……. 애당초 할아버지가 계산을 늦게 한 게 잘못이잖아요! 에이씨, 재수 없어. 담배 한 대 피우러 나왔다가 기분 다 잡쳤네."

남자는 화를 내고는 편의점 밖으로 나가 버렸다. 다른 남자들도 그 뒤를 따라 슬그머니 사라졌다. 할아버지가 나를 향해 느릿하게 뒤돌아섰다.

"미안하군요. 나를 도와주려다가. 그리고 고맙습니다. 학생은 참 친절하네요."

스캐너를 잡은 손에 힘이 꽉 들어갔다. 미안하다, 고맙다라는 말. 그 말은 내가 지난 석 달간 너무나 듣고 싶던 것이었다. 그걸 처음 만난 할아버지에게서 듣게 될 줄은 몰랐다. 정작 그 말을 해야 할 사람은 나를 아는 척도 안 하고 있는데 말이다.

"별거 아닌데요, 뭐……."

"아직 학생이지요? 어떻게 여기까지 왔어요?"

살짝 밀려오던 감동이 파스스 부서졌다. 역시 어른들은 다 똑같다. 이 뒤에 이어질 말은 뻔하다. 학생이 학교에 잘 다녀야지, 학생의 본분은 공부인데 정신 차리라느니 하는 말들. 다 분식집 아르바이트를 할 때 들었던 말들이다. 지각할까 봐 교복을 못 갈아입고 갔을 때에는 교복에 대한 예의가 있지, 하는 말까지 들었다. 교복에게 지킬 예의는 알아도 나에게 지켜야 할 예의는 모르는 사람이 참 많기도 많았다.

"참견하지 마세요."

나는 선수를 치고는 스캐너를 내려놓은 뒤 계산대 밖으로 나왔다. 잔소리가 더 이어지기 전에 편의점을 나가야지 싶었다.

"아니, 참견 아니에요. 학교 쪽이 괜찮으면 내 일 좀 도와 달라고 하려 했어요."

"일……이요? 아르바이트?"

"그래요. 나는 포스기 작동하는 법을 통 외우지 못하겠어요. 학생이 아르바이트를 하면서 내게 포스기 작동법도 알려 주고 하면 좋겠는데."

귀가 번쩍 뜨였다. 그토록 찾아 헤매던 아르바이트 자리가 저절로 굴러 들어왔다. 나는 망설이다 동의서에 대해 미리 털어놓기로 했다. 내 사정까지 솔직하게 말할 수는 없어서 반쯤은 거짓말을 섞었다.

"근데 저, 보호자 동의서 못 받아 와요. 부모님이…… 안 계세요. 전 지금 두 정거장 떨어진 쉼터에서 지내고요."

할아버지가 고개를 끄덕였다.

"거기 내가 아는 곳입니다. 내가 연락을 하지요. 동의서는 걱정 말아요."

고민하던 아르바이트 자리가 이렇게 해결되다니. 게다가 할아버지가 제시한 아르바이트 시급은 최저 시급보다 무려 1,500원이나 많았다.

'할아버지가 쉼터에 연락했다가 내 거짓말을 알게 되면……. 아니야. 완전 거짓말은 아닌걸.'

부모님이 안 계신 건 맞으니까. 아빠는 여기에 없고, 엄마는……. 거짓말을 한 건 아니라고 스스로에게 변명했다. 그 걱정으로 놓치기에는 너무 좋은 제안이었다. 학교를 뛰쳐나올 때만 해도 엉망이었던 기분이 슬그머니 좋아졌다.

'아무래도 하늘이 나를 돕는 거 같아.'

훌륭한 길고양이로 살라고 말이다.

* * *

쉼터로 돌아오니 내 앞으로 소포가 와 있었다.

"야, 부모가 짐 부쳐 온 사람 처음 봤어."

도희는 내게 소포를 건네주며 낄낄 웃었다. 도희는 툭하면 웃는다. 웃긴 일이 없어도 웃고, 정쌤에게 꾸중을 들을 때에도 웃었다.

"집에서 온 거 아니야."

"아니기는. 보내는 사람에 써진 거 좀 보고 거짓말을 해라."

보내는 사람? 그제야 나는 택배 운송장을 봤다. 보내는 사람란에 너무 큰 글씨로 쓰여 있었다. '이루다 아빠'라고. 순간 말문이 턱 막혔다. 나는 택배를 들고 도망치듯 거실을 나와 2층 숙소로 갔다. 침대 위로 택배 상자를 던지고 사다리를 올랐다.

'대체 뭐야, 이건. 선전 포고도 아니고.'

가출해서 쉼터에 가 있는 딸에게 아빠임을 자랑이라도 하듯 큼지막하게 써서 짐을 부치다니. '나는 딸을 쉼터로 쫓아냈습니다.'라고 선언이라도 할 심사인가 싶었다. 짜증이 치솟아서 거칠게 상자를 풀었나.

택배 상자 안에는 여벌의 교복과 체육복, 교과서와 내가 자주 입던 옷들이 들어 있었다. 속옷과 칫솔도 비닐에 싸여 담겨 있었고, 휴대폰 충전기도 있었다. 그야말로 잘 갖추어진 '가출 패키지'와도 같은 짐이었다. 나는 옷들을 하나하나 꺼내어 봤다. 옷 사이에 편지 봉투가 하나 있었다. 봉투를 집어 들었다. 크게 숨을 몰아쉬고 봉투를 열었다. 안에는 만 원짜리 스무 장, 총 20만 원이 들어 있었다. 돈을 꺼내고 봉투를 까뒤집어 탈탈 털어 보았다.

없었다. 들어 있는 건 정말로 돈뿐이었다.

"뭐야, 대체!"

나는 꺼내 놓았던 옷을 상자 안에 마구 집어넣고, 상자를 침대 안쪽에 밀어 넣었다. 그러고는 침대에 큰대자로 벌렁 드러누웠다. 편지 한 장쯤은 들어 있을 줄 알았다. 정말로 한 달간 집을 비운 건지, 비운 거면 어디를 갔는지, 그날 소리친 건 미안했다는 말 따위가 적힌 편지 말이다.

하지만 이젠 알았다. 아빠는 내게 사과할 생각이 없다.

'흥이다. 이렇게 나오면 내가 겁먹고 집으로 들어갈 거라고 생각한 게 분명해. 두고 봐. 절대 안 들어가.'

혼자서도 잘 살 거다. 다시 한번 다짐을 굳히고 있는데 방문이 열렸다. 도희였다.

"루다야, 정쌤이 사무실로 오래."

나는 방을 나섰다. 내 옆에 찰싹 붙어서는 택배에 뭐가 들어 있었는지 꼬치꼬치 캐묻는 도희에게 별거 아냐, 하고 대충 얼버무렸다. 도희의 질문 세례에서 벗어나고 싶어 빠른 걸음으로 계단을 내려가 사무실로 향했다. 탁자를 사이에 두고 정쌤과 마주 앉았다.

"아르바이트한다며? 연락받았어. 몇 시부터 몇 시까지 하니?"

"오후 3시부터 저녁 8시로 정했어요. 쉼터 통금이 9시니까."

"잘했네. 참, 주스 마실래?"

오렌지주스를 컵에 따르며 정쌤은 대화를 이어 나갔다.

"아르바이트가 3시부터라는 건 앞으로 학교는 안 갈 예정이니? 학교에서 연락이 왔거든. 루다가 학교를 무단이탈했다고."

쫄쫄쫄. 컵에 주스를 따르는 소리가 유독 크게 들렸다.

"학교 안 간다고 하면 쫓겨나요?"

정쌤은 컵을 내 앞에 놓으며 웃었다.

"그렇지 않아. 지금 쉼터 애들이 열다섯 명인데, 절반쯤은 학교에 안 나가는걸."

"……다행이네요."

나는 주스를 한 모금 마셨다. 정쌤이 주는 주스는 정말 맛있다. 그냥 평범한 오렌지주스인데도 이상하게 달다.

"그래도 학교는 가는 게 좋지 않을까. 담임 선생님이 학년부장 선생님에게 말했다고 하더라. 루다는 담배 피우는 애가 아니라고. 오해라고."

"그래서요?"

나는 컵에 남은 주스를 단번에 들이켰다.

"학부쌤이 뭐라고 하셨는데요?"

"응? 그건 나도 잘……. 루다 네가 학교에 와도 혼날 걱정은 하지 말라고만 말씀하셨어."

"아니잖아요, 그거. 학부쌤이 해야 할 말은 따로 있어요."

학부쌤이 해야 할 말을 했다면 학교에 나갈 생각이 있었다. 그렇지만 학부쌤은 분명 나와 단둘이 있게 되어도 끝내 그 말을 안 할 터였다. 어른들은 늘 그렇다. 자기들이 잘못해 놓고, 구렁이 담 넘어가듯 안 하고 넘어가려 한다.

미안하다는 말을.

04 특별한 수박주스

이 편의점, 과연 이대로 괜찮은 걸까.

아름 편의점에서 아르바이트를 시작한 지 3일째다. 일은 너무나 편했다. 오후 3시에 편의점에 오면 이미 모든 물건이 깔끔하게 진열되어 있었다. 할아버지는 약간 결벽증 기질이 있는 게 아닌가 싶을 정도로 과자 봉지의 모서리까지 각을 잡아서 놓아두었다.

그뿐만이 아니었다. 할아버지는 틈만 나면 시장 곳곳을 쓸고 닦으며 돌아다녔다. 시장이 텅 비었는데도 깨끗하고 벽화도 잘 보존되어 있었던 게 다 할아버지 덕분이었다. 할아버지는 시장 안을 돌아다니며 쓰레기를 줍고, 바닥에 물을 뿌리고, 아케이드 창을 닦고, 벽화의 색 바랜 부분에 페인트칠을 했다.

"할아버지, 시장 청소하는 거 안 힘들어요? 왜 하는 거예요?"

나는 할아버지의 부지런함을 이해할 수 없었다. 할아버지는 느렸다. 나무늘보처럼 천천히 앉았고, 천천히 일어났고, 천천히 걸었다. 그렇게 천천히 움직이는 사람이 짧지도 않은 아케이드 안을 전부 청소하는 건 보통 사람보다 더 많은 힘을 필요로 할 거였다.

 "깨끗한 게 좋으니까요."

 "가게 앞만 깨끗하면 되잖아요."

 내 말에 할아버지는 역시나 천천히 손을 내저었다.

 "나만 깨끗한 것보다 다른 곳도 깨끗한 게 더 기분 좋아요. 아케이드 안의 길은 결국 하나로 이어져 있으니까요. 그 길의 시작도 끝도 모두 내 것인 셈 아니겠어요. 그리고 나는 이 시장을 좋아한답니다."

 할아버지는 가져온 토마토를 물에 하나씩 닦으며 말했다. 편의점 한쪽에는 취사가 가능한 작은 공간이 있었는데, 간단한 조리 도구까지 갖추어져 있었다.

 "여기가 편의점이라고 간판은 달아 놨지만 처음부터 편의점은 아니었어요. 여기 사장이었던 할머니가 슈퍼마켓보다는 편의점이 좀 더 세련되어 보인다고 이름을 바꾸셨던 거였지요. 그러고선 편의점 구색을 갖춘다고 길 건너 편의점에서 삼각김밥이랑 레토르트 국 같은 거를 사 와서는 쭉 진열해 놓으셨어요. 재미있는 분이셨지요. 사장 할머니가 여기서 먹고 자고 그러셨어요."

"할아버지는 이 시장, 예전부터 알았나 보네요."

토마토가 소쿠리에 담겨 나왔다. 할아버지는 토마토를 천으로 하나씩 뽀독뽀독 닦았다.

"그럼요. 이 시장이 20여 년 전만 해도 무척 번화했어요. 나도 여기를 왔다 갔다 하면서 장도 보고, 애들한테 먹을 것도 사 먹이고 했어요. 시장 앞에 나무 있지요? 그거 심는 모습을 직접 봤어요, 16년 전에. 건너편에 백화점하고 가게들이 이것저것 들어서더니 점점 사람들이 시장으로 안 오게 되었지요. 그래도 나는 시장엘 왔어요. 여기가 재개발된다고 소문이 돌고, 사람들이 많이 싸우는 것도 봤고요. 대학생들이 벽화를 그려 준다고 왔었는데, 결국 다 떠나게 되어서 마음이 아프더군요."

"다 떠날 걸 알았으면서 편의점을 인수하신 거예요?"

"사장 할머니가 떠나면서 나한테 그랬거든요. 여기 하고 싶으면 너 해라, 하고. 난 이 가게가 없어지는 걸 바라지 않았어요. 그래서 넙죽 그러겠다고 했지요. 삼각김밥이랑 다른 편의점에서 팔 만한 것들, 그거는 다 아들이 알아봐 줬어요. 계약도 해 주고……. 계약할 때 내가 가게 이름은 절대 안 바꿀 거라고 고집을 부려서 아들이 고생을 좀 했지요."

나도 토마토를 집어 들었다. 오늘의 진열 상품은 토마토가 될 모양이었다. '공짜로 가져가십시오' 진열대 말이다. 이 진열대에

채워지는 채소들은 주로 할아버지가 텃밭에서 기른 것들이었다. 할아버지는 점심밥을 먹기 전에 텃밭에서 무언가를 따 왔고, 그걸 약간만 다듬어서 진열대에 놓았다.

"이 진열대는 왜 하시는 건데요?"

"애들이 즉석식품을 많이 먹으니까요. 편의점 들어왔다가 채소가 공짜면 하나라도 먹지 않을까 싶어서요."

정말 좋은 취지였다. 문제는 가져가는 사람이 없다는 거였다. 손님도 없는데, 채소를 가지고 가는 사람이 있을 리가 없었다.

그거였다. 이 아르바이트가 편한 궁극의 이유.

손님이 없어도 너무 없었다. 하루에 기껏해야 두세 명 정도였다. 그 두세 명조차 "이런 데에 편의점이 있었네."라고 말하며 들어왔다. 같은 손님이 두어 번 오는 일은 별로 없었다. 하루 두세 명의 손님들도 나처럼 우연히 나무 뒤에서 시장 입구를 발견하고 호기심에 들어온 게 분명했다.

"이번 토마토가 참 싱싱하니 곱지요?"

할아버지는 잘 닦은 토마토를 진열대에 놓으며 뿌듯해했다. 할아버지 말대로 빨갛고 맛있어 보이는 좋은 토마토였다. 나는 집어든 토마토를 닦았다. 할아버지를 따라 정성껏 꼭지 아래에 묻은 물기까지 닦아 냈다.

'그럼 뭐 하냐고. 이것도 시들시들해질 텐데.'

할아버지가 엊그제 가져왔던 시금치도, 어제 가져왔던 당근도 모두 싱싱하고 좋았다. 하지만 진열대를 채운 채소는 조금도 줄지 않았고, 제자리를 지키며 시들어 갔다. 아르바이트를 끝내고 갈 때마다 숨 죽은 채소들이 신경 쓰였다.

'이 토마토도 시금치, 당근과 같은 운명을 맞이하겠지.'

나는 애꿎은 토마토 꼭지를 비틀었다.

* * *

아르바이트를 마치고 쉼터로 돌아오는 길이었다.

"야, 너 이리 좀 와 봐."

건물과 건물 사이 골목에 남자애 둘이 벽에 기대서서 담배를 피우고 있었다. 한 명은 벙거지를, 다른 한 명은 스냅백을 눌러썼다. 내가 못 들은 척 지나가려 하자 둘은 내 앞을 가로막고 섰다. 나는 둘에게 밀려 골목 안으로 들어갔다.

"여기에 도희 있지?"

벙거지의 손에 들린 담배에서 피어오른 연기가 코를 찔렀다. 나는 인상을 쓰며 손을 휘저었다.

"몰라. 나 여기 들어온 지 얼마 안 됐어."

"거짓말하지 마. 여기 애들 몇 명이나 된다고."

"진짜 몰라. 담배 안 끌 거지? 그럼 난 갈래."

왠지 도희가 있다고 사실대로 이야기하면 안 될 것 같았다. 벙거지가 담배를 든 손을 앞으로 내밀었다. 꼭 나를 때릴 것 같아서 어깨를 움찔했다.

"너희, 거기서 뭐 해!"

현진 언니였다. 골목 입구에서 언니가 전사처럼 고함을 쳤다. 벙거지와 스냅백은 서로 눈짓을 했다. 그러고는 뛰었다. 현진 언니가 골목 안으로 들어와 내 팔을 붙잡았다.

"괜찮니, 루다야? 쟤네 정말 질리지도 않고 온다. 들어가자."

현진 언니와 함께 쉼터로 들어갔다. 계단을 오르면서 나는 언니에게 물었다.

"쟤네 누구예요? 도희 찾던데요."

"도희가 있었던 가출팸 애들. 도희한테 이야기 들어 보니까 질이 안 좋더라."

현진 언니는 절레절레 고개를 가로저었다. 1층 거실로 들어갔는데, 항상 거실 소파에 앉아 있던 도희가 없었다. 늘 어서 오라고 방방 뛰며 맞아 주던 애가 없으니까 기분이 이상했다. 고작 일주일 만에 도희가 없는 풍경이 낯설어질 줄은 몰랐다.

"난 정쌤한테 이야기 좀 하고 올라갈게."

현진 언니는 사무실로 향했다. 나는 거실의 출입 카드에 돌아온 시간을 기록하고 2층으로 향했다. 방문을 여는데 문 뒤에 무언가

툭 걸렸다. 방으로 들어와 문 뒤를 살폈다.

"너, 거기서 뭐 해?"

방문 뒤에 도희가 쪼그려 앉아 있었다.

"갔니? 밖에 있던 애들."

"갔어. 현진 언니가 쫓아냈어."

도희는 무릎을 끌어안은 채 나를 빤히 올려다보았다. 겁먹은 강아지처럼 도희의 동그란 눈동자가 왼쪽, 오른쪽으로 데굴데굴 굴렀다.

"나 여기 있다고 말했어?"

"아니."

그러자 도희는 히죽 웃으며 쭈그렸던 몸을 펴고 방문 뒤에서 나왔다.

"너, 눈치는 좀 있다."

도희는 헤실헤실 웃으며 침대로 들어가 이불을 뒤집어썼다. 누에고치처럼 둥글게 솟아오른 도희의 이불을 보며, 알았다.

도희가 웃는 건 웃는 게 아니라는 걸.

나는 내 침대로 올라가 가방에 넣어 온 슈크림빵을 꺼냈다. 반을 쪼개서 손에 들고 도희를 부를까 말까 망설이는데 방문이 열렸다.

"얘들아, 언니가 맛있는 거 가져왔어."

현진 언니가 쟁반을 들고 방으로 들어왔다. 쟁반에는 음료수 컵 세 개가 놓여 있었다. 쉼터에는 음료를 만들어 마실 수 있는 곳이 있었다. 코코아와 민트초코 파우더, 우유, 믹서 등이 놓여 있어서 마음대로 섞어 마실 수 있었다. 물론 아무나 원하는 만큼 마실 수 있는 건 아니었다. 쉼터에서 운영하는 프로그램에 참여하면 음료 쿠폰을 주는데, 그 쿠폰이 있어야만 이용할 수 있었다.

도희가 이불 속에서 불쑥 고개를 내밀었다.

"방에서 마시면 안 되잖아."

"특별히 허락받았어. 루다야, 너도 내려와. 얼른."

나는 아르바이트 시간이 번번이 프로그램 시간대와 겹쳐서 아직 쿠폰을 한 장도 받지 못했다. 늘 마셔 보고 싶다고 생각했던지라 마다할 이유가 없었다. 사다리를 타고 내려가 도희 옆에 걸터앉았다.

언니가 우리에게 컵을 하나씩 쥐여 주었다. 컵에는 빨갛고 하얀 층이 예쁘게 어우러진 음료수가 담겨 있었다.

"너희랑 이별주는 한잔씩 하고 가야지."

현진 언니는 내일 쉼터를 나간다. 언니는 아버지의 폭력을 견디다 못해 엄마와 함께 집을 나왔다. 원래는 엄마와 함께 여성 쉼터에 가려고 했는데 그곳 빈자리가 하나밖에 없었다. 그래서 언니는 엄마와 떨어져 청소년 쉼터에서 지냈다. 그리고 어제, 드디어 여성 쉼터에 자리가 났다는 연락이 왔다.

"언니는 이젠 엄마랑 같이 살아? 부럽다."

도희는 음료를 한 모금 마시더니 입을 떡 벌렸다.

"신세계다. 완전 맛있어."

나도 얼른 컵에 입을 가져다 댔다. 달콤하고 시원한 수박 맛이 목 아래로 꿀꺽 넘어갔다.

"그러게. 난 단거 안 좋아하는데, 이건 맛있다."

내 말에 현진 언니와 도희가 동시에 나를 바라보았다.

"단거 싫어해? 네가?"

"루다 너, 저녁마다 슈크림빵 먹잖아."

그건 뭐……. 나는 얼버무렸다. 슈크림빵을 싫어해서 먹는 거야, 하고 말한 순 없었다. 그랬다가는 크림에 녹여 놓은 내 감정까지 탈탈 털어 내보일 것만 같았다. 나는 아직, 그럴 준비가 되어 있지 않았다.

"언니, 이거 쉼터에 있는 거 아니지? 무슨 음료야? 뭐랑 뭐 섞었어? 레시피 가르쳐 주고 가. 나도 만들어 먹게."

도희는 현진 언니에게 음료 레시피를 졸랐다.

"수박 얼린 거랑 우유랑 섞어서 스무디처럼 만든 거야. 너희 만들어 주려고 가게 냉장고에 수박 얼려 놨다가 가져왔지. 지금 나 아르바이트하는 카페에서 이 메뉴, 엄청 인기 많거든. 우리 카페에서는 수박 크러시라는 이름으로 팔아."

"수박 얼려야 돼? 그럼 쉼터에서는 못 만들어 먹겠네. 카페에서 먹으려면 6,000원은 넘게 줘야겠지? 사 먹는 것도 무리다."

도희는 한 방울도 아깝다는 듯이 컵을 높이 들어 음료를 탈탈 털어 마셨다. 현진 언니는 그런 도희를 보며 빙그레 웃었다. 언니의 웃는 얼굴은 스무 살이 아니라 우리 엄마 혹은 정쌤만큼 나이를 먹은 듯 보일 때가 있었다.

"도희야."

"응?"

"루다야."

현진 언니는 나와 도희의 이름을 가만히, 한 명씩 불렀다. 언니는 컵 표면에 흘러내린 물방울을 손끝으로 닦아 내며 말했다.

"다들 잘 지내야 해. 잘 지내서, 무사히 어른이 되어서, 돈 많이 벌어. 그래서 수박 크러시 같은 거 마음껏 사 먹어. 그거 사 먹을 때마다 예전에 이거 만들어 준 언니가 있었지, 하고 내 생각도 가끔 해."

나는 컵에 남아 있던 음료를 단번에 마셨다. 목이 메어서, 그래야만 했다. 고작 일주일이었다. 나와 현진 언니가 함께 있던 시간은. 그런데도 나는 언니와 헤어지는 게 서운했다. 도희처럼 언니의 허리를 끌어안고 펑펑 울고 싶을 정도로 서운하고, 또 서운했다.

어떤 만남의 시간은 아주 농축되어 있는 모양이다. 함께한 시간과는 비례하지 않는 진하고 깊은 무언가가 열매처럼 맺혀서, 살짝만 힘주어 짜도 아주 달고 쓰고 저린 감정들이 툭툭툭 떨어져 내리는 거다. 현진 언니는 내게 주었던 수박주스 속에 그 열매의 즙을 섞었던 게 아닐까. 이렇게까지 슬퍼진 걸 보면 분명 그랬을 거다.

앞으로 수박을 먹을 때면, 나는 이 달콤한 슬픔을 종종 떠올리게 될 것만 같다.

* * *

현진 언니는 쉼터를 떠났고, 토마토는 결국 시들해졌다.

편의점에 있는 내내 진열대에 풀 죽은 채 놓여 있는 토마토가 자꾸 눈에 밟혔다.

'엄마가 어릴 적에 그랬는데. 먹는 거 남기면 지옥 가서 다 섞어 먹어야 한다고.'

지금 생각하면 웬 비빔밥 지옥인가 싶어 웃기지만 어릴 때에는 그 이야기가 무척이나 무섭게 들렸다. 어렸으니까. 사람이 죽는다는 것과, 죽으면 이곳이 아닌 다른 어딘가로 간다는 것 자체가 무서웠다. 어쨌든 그 이야기는 내게 깊은 인상을 남겼고, 그래서 나는 음식 남기는 것을 상당히 꺼리게 되었다. 급식을 먹을 때에도 반찬 하나 남기지 않았다. 16년간 몸에 새겨진 음식 절약 세포는 결국 내게 토마토를 집어 들게 만들었다.

"할아버지, 저 점심 안 먹었거든요. 지금 먹어도 되나요?"

"지금까지 밥을 안 먹었다니, 그럼 안 돼요. 일을 하더라도 밥은 먹고 해야지요. 어서 먹어요."

"그럼, 저 이거 써도 되죠?"

나는 토마토 세 개와 인스턴트 된장국을 가지고 가게 안쪽 주방으로 들어갔다.

'인스턴트로 끓이는 건 처음인데, 잘되려나.'

나는 냄비에 인스턴트 된장국을 붓고 토마토를 잘게 썰어 넣었다. 토마토 된장국. 우리 집만의 스페셜 레시피다. 된장국이 끓는 동안 전자레인지에 즉석밥도 돌렸다.

된장국은 금세 완성되었다. 나는 된장국을 한 그릇에 담으려다가 두 그릇으로 나누어 담았다. 쟁반에 즉석밥과 된장국, 김치까지 올리자 꽤 그럴싸한 한 상이 차려졌다. 나는 쟁반을 들고 밖으로 나가 편의점 한쪽에 놓인 미니 탁자에 놓았다.

"이왕 끓였으니까 할아버지도 같이 먹어요."

할아버지는 고개를 끄덕이며 느릿하게 걸어 나왔다. 나와 할아버지는 함께 탁자 앞에 앉았다. 할아버지가 수저를 들었다. 나는 된장국을 떠먹으면서 할아버지의 반응을 살폈다. 내가 끓인 된장국을 가족 아닌 다른 사람이 먹는 건 처음이었다. 할아버지는 된장국을 연거푸 두세 번 떠먹었다. 그러고는 지긋이 된장국을 바라보왔다.

'뭐지, 이 반응은.'

할아버지라면 빈말이라도 맛있다고 할 줄 알았다. 그렇지만 할아버지는 다시 한번 된장국을 떠먹을 뿐이었다.

"맛없어요?"

결국 나는 대놓고 물어보는 쪽을 택했다. 할아버지는 지긋이 고개를 끄덕였다. 맛이 있다는 건가 없다는 건가 헷갈리는 끄덕임이었다.

"아녜요, 루다 양. 평소에도 점심 안 먹고 올 때 많아요?"

"여기 와서 삼각김밥이랑 샌드위치 같은 거 먹어요. 아, 폐기요. 먹어도 되죠?"

"그런 것만 먹으면 속 버려요."

"그럼 할아버지는 뭐 드시는데요, 점심으로?"

"나도 삼각김밥 먹지요."

그 순간 나와 할아버지는 삼각김밥으로 하나가 되었다. 역시나 완벽한 삼각형의 마법. 어떤 삼각김밥이 제일 맛있는지 진지하게 이야기를 나누는 사이 즉석밥 한 그릇을 깨끗하게 비웠다.

"루다 양, 하나 물어볼게요. 부모님이 안 계신다고 했잖아요. 돌아가신 건가요?"

쿨럭. 사례가 들 뻔했다. 갑작스러운 어택에 거짓말을 떠올릴

틈도 없어 엉겁결에 대답했다.

"아뇨. 돌아가신 건 엄마요. 아빠는……."

아빠는 집을 떠났어요. 나도 집을 나왔고, 아마도 인연 끊을 것 같아요. 이걸 어떻게 말해야 좋을지 알 수가 없었다. 나는 즉석밥 그릇에 들러붙은 밥알을 하나씩 떼어 내며 계속해서 웅얼거렸다. 아빠는, 아빠는요……. 적당한 대답은 떠오르지 않고, 젓가락은 끊임없이 밥알들을 할퀴기만 했다.

할아버지는 된장국 그릇을 들고는 호로록, 깨끗하게 마셨다. 그러고는 빈 그릇을 내려놓고 나를 가만히 바라보았다. 축축하게 물기 어린 할아버지의 눈빛이 어딘가 비장하게 느껴졌다.

할아버지가 내게 물었다.

"이서우를 아나요?"

05
이서우를 찾아라

이서우? 그 이름을 듣자마자 코끝을 찡그렸다.

"모르는데요."

"정말로 몰라요?"

"몰라요."

잡아뗐다. 사실은 안다. 이서우란 이름을 가진 사람을 딱 한 명. 내 휴대폰 최근 통화 목록 맨 위에 쓰여 있던 이름. 하지만 내가 아는 이서우는 할아버지가 찾는 이서우가 아닐 게 분명했다. 왜냐하면 걔는 나와 단짝이었고, 나무 뒤에 시장이 있는 걸 알았으면 재미있는 곳을 찾았다며 분명 내게 말했을 테니까. 할아버지는 잠시 나를 바라보다 그렇군요, 하고 고개를 끄덕였다.

"나는 이서우를 찾고 싶어요. 그래서 이 편의점을 인수하는 데

주저하지 않았던 거지요."

편의점을 인수한 게 사람을 찾기 위해서라고? 호기심이 동했다. 할아버지는 먼 창밖을 바라보듯 시선으로 허공을 더듬었다.

"예전에 말이에요. 사장 할머니가 주인일 때, 여기서 이서우가 내게 음식을 하나 만들어 줬어요. 이 편의점에 있으면 이서우를 다시 만날 수 있을 것 같았지요."

"예전이 몇 년 전인데요?"

"글쎄요. 그게……."

할아버지의 시선이 빈 그릇으로 또르륵 떨어졌다. 할아버지는 주머니 안에서 반듯하게 접힌 종이 한 장을 꺼내 내게 건넸다.

"읽어 봐요."

나는 종이를 펼쳤다.

"나는 64세 되던 해에 교통사고를 당했습니다. 의사는 내 뇌의 내측 전두엽과 설전부, 측두엽이 다쳤다고 했습니다. 큰 수술을 두 번 했습니다. 죽지 않은 것은 고마운 일이나, 이 사고로 나는 사람의 얼굴을 잘 기억하지 못하게 되었습니다. 기억력도 많이 안 좋아졌습니다. 새것을 익히는 것도 점점 둔해지는 걸 보면 어느 순간 집으로 가는 길도 못 찾게 될지 모릅니다. 나는 내 병명을 외우는 것도 힘들어졌습니다. 그래서 이 메모를 적어 둡니다. 나와 과거에 만났는데 내가 알아보지 못한다고 부디 섭섭해하지 마시라고,

이렇게 쪽지를 가지고 다닙니다."

또박또박 쓰인 글을 읽어 내려가는 동안 나는 몇 번이고 침을 삼켰다. 할아버지가 그런 사고를 겪었을 줄은 상상도 못 했다. 나는 글을 다 읽고 종이를 접어 할아버지에게 건넸다.

"그래서 이런 걸 하고 다니게 되었지요."

할아버지는 이름과 전화번호가 새겨진 팔찌를 손목에 차고 있었다.

"사실 주소 같은 게 아니라 집사람 사진을 박아서 차고 다녀야하는 건데 말이에요. 나는 길 잃어버리는 것보다 사랑하는 사람 얼굴을 잊어버리는 게 더 무서워요."

순간 입 안에 매끈한 크림이 감도는 듯했다. 사람의 얼굴을 잊어버리는 것이 무섭다는 할아버지의 말. 빵 안 가득한 슈크림과 함께 베어 넘겼던 두려움을 할아버지도 알고 있었다. 아무리 노력해도 과거가 잊혀 간다는 건 어떤 기분일까. 나는 할아버지가 그토록 만나고 싶어 하는 이서우가 궁금해졌다.

"이서우에 대해 뭐 기억나는 거 없으세요?"

"맛이지요."

할아버지는 망설임 없이 대답했다.

"그 애가 내게 해 주었던 음식. 그게 맛이 묘했어요. 편의점에서 팔던 것들을 섞어 만들어 준 거였는데. 짭조름하고, 후루룩 잘 넘어가고, 그러면서도 감칠맛이……."

할아버지는 그 맛을 떠올리듯 입맛을 다셨다. 그러고는 다시 나를 지긋이 바라보았다.

"이서우를 찾아 줄 수 없을까요?"

"제가요?"

"그래요. 이서우를 찾아 주면 100만 원을 줄게요."

100만 원이라니. 1년 아르바이트비를 꼬박 모아야 하는 금액이었다.

'손해 볼 거 하나도 없잖아. 이서우가 어떤 사람인지 궁금하기도 하고. 못 찾는다고 아르바이트 잘리는 것도 아니고.'

게다가 아예 한양에서 이 서방 찾기도 아니었다. 분명한 힌트가 있었다.

첫 번째 힌트. 이름이 이서우다.

두 번째 힌트. 아름 편의점을 알고 있는 사람이다. 즉 이 근처에 살았던 사람일 가능성이 높다.

세 번째 힌트. 편의점 음식을 섞어서 짭조름하고, 후루룩 잘 넘어가고, 감칠맛 나는 음식을 만들었다.

당장 떠오르는 아이디어는 없어도 어떻게든 찾을 수 있을 것만 같았다.

"해 볼게요."

"그래요. 루다 양이라면 할 수 있을 거예요."

"정말 그렇게 생각하세요?"

할아버지는 단호하게 고개를 끄덕였다.

"그래요. 루다 양이라면 분명히."

* * *

미션. 이서우를 찾아라.

만약 게임이었다면 내 머리 위에 물음표가 빙글빙글 돌고 있었을 거다. 해 보겠다고 자신 있게 말은 했지만 아르바이트를 마치고 나오니 영 자신이 없어졌다. 그 근거 없는 자신감은 나를 100퍼센트 믿어 주는 할아버지의 눈빛이 있어야만 생겨날 수 있는 거였나 보다.

'이서우를 찾을 수 있는 방법……. 으, 누가 좀 알려 주면 좋겠다.'

쉼터로 돌아오는 길에도 내 머릿속은 온통 '이서우' 석 자로 가득했다.

'아무래도 나는 셜록 홈스나 코난 같은 탐정은 못 될 것 같아.'

대체 탐정들은 어떻게 그렇게 쉽게 사람을 찾아내는 걸까. 나는 쉼터에 돌아오자마자 1층 컴퓨터실로 갔다. 쉼터에서는 취침 시간 전에 휴대폰을 걷어 갔기 때문에 저녁이면 늘 컴퓨터실이 붐볐다.

그래도 다행히 한 자리가 비어 있었다.

나는 냉큼 컴퓨터 앞에 앉아 인터넷 검색창에 '탐정'을 쳤다. '탐정'이라는 제목의 영화와 방탈출 카페와 고양이 탐정에 대한 기사 아래로 '○○ 탐정'이라는 이름의 사이트가 몇 개 나타났다. 이서우를 찾으면 100만 원을 받으니까 50만 원 정도로 탐정에게 '이서우 찾기'를 의뢰하면 어떨까 싶었다. 코난 같은 탐정이라면 사람 한 명 찾는 건 일도 아닐 텐데.

"탐정? 이런 걸 왜 검색해?"

쿡. 누군가 내 등을 찔렀다. 뒤돌아보니 도희였다.

"그냥 좀……. 이런 일은 얼마나 받는지 궁금해서."

나는 맨 위에 있는 사이트를 클릭해 홈페이지에 접속했다. 하지만 홈페이지를 구석구석 뒤져도 의뢰비는 적혀 있지 않았다.

"좀 써 놓으라고! 가격쯤은!"

나는 그대로 키보드 위에 엎드렸다.

"그거 최소 한 200, 300만 원은 할걸. 내가 예전에 있던 팸에 석이 오빠라고 있었거든. 그 오빠가 심부름센터에서 일한 적 있는데, 사람 찾아 주는 일만 해도 그 정도 받았다고 했어."

예상했던 것보다 비싼 금액에 숨이 턱 막혔다.

"300만 원이면 턱도 없다……."

할아버지에게 100만 원을 받아도 200만 원이 손해였다. 이렇게 되면 탐정 고용은 포기. 결국 원점이었다. 나는 의자에서 스르륵 미끄러지듯 내려와 바닥에 드러누웠다.

"누가 아이디어 좀 줬으면 좋겠다."

나는 신음처럼 중얼거렸다. 컴퓨터 의자를 냉큼 차지하고 앉은 도희가 나를 내려다보았다.

"무슨 일인데?"

말해도 되나, 하는 망설임은 잠시였다. 답답함을 누구에게든 털어놓고 싶었다. 나는 도희에게 자초지종을 이야기했다. 내 이야기를 듣더니 도희는 페이스북에 접속했다.

"그런 거면 일단 지역 커뮤니티에 공고부터 내. 어쨌든 이 지역의 아름 편의점을 아는 사람을 찾는 거잖아. 그 사람이 아니라도, 주변 누군가가 보고 연락해 줄지 모르잖아."

도희가 접속한 건 '알려드립니다'라는 페이지였다. 지역 커뮤니티에 사연을 보내면 관리자가 게시해서 널리 퍼질 수 있게 도와주는 거다. 잃어버린 강아지를 찾는 사연부터 헤어진 애인에게 보내는 익명의 편지까지 별의별 사연이 다 올라온다. 나도 예전에 몇번인가 우리 지역 커뮤니티의 글을 본 적이 있었다. 내가 직접 페이지를 팔로 한 건 아니었다. 내 페북 친구가 공유한 걸 본 거였다. 즉 어느 정도 전파력이 있다는 뜻이다. 우리 지역 '알려드립니다' 페이지의 팔로 수는 2만 명, 1,000여 개의 댓글이 달린 게시글도

심심치 않게 보였다.

'내가 왜 이 생각을 못 했지?'

나는 몸을 일으켜 도희와 함께 모니터를 들여다보았다.

"뭐라고 써야 할까. 이서우라는 이름을 가지신 분 중 편의점 음식으로 짭조름하고, 후루룩 잘 넘어가고, 감칠맛 나는 걸 만드실 수 있는 분을 찾습니다? 할아버지 사연도 다 적는 게 공유가 훨씬 많이 되겠지?"

"너무 자세하게 적으면 위험할지도 몰라."

도희가 범죄 프로그램 진행자 톤으로 음산하게 목소리를 깔았다.

"이서우 아닌 사람이 할아버지 재산을 노리고 접근하면 어떡해. 할아버지 기억도 가물가물하다며. 그럼 얼굴 봐도 못 알아볼 수 있잖아. 그러니까 이서우라는 이름하고 사연은 안 적는 게 좋지 않을까."

"설마 그런 나쁜 사람이……, 나타날 수도 있겠다."

"그렇지?"

"하지만 이름도 안 쓰고 사연도 안 쓰면……."

나는 도희를 밀어내고 컴퓨터 의자에 앉아 메모장을 열었다.

[사람을 찾습니다. 편의점 음식을 조합해서 짭조름하고, 후루룩 잘 넘어가고, 감칠맛 나는 음식을 만드실 수 있는 분.]

"……이렇게 되는데, 이걸 보고 누가 찾아오긴 할까?"

"좀…… 이상하긴 하다. 저걸 보고 찾아온 사람이 이서우라는 법도 없고. 그리고 할아버지가 기억하는 건 음식 맛이잖아. 직접 먹어 보고 확인해야 하는 거 아냐?"

조건이 점점 까다로워졌다.

첫 번째 조건. '이서우'라는 이름과 할아버지의 사연을 밝혀서는 안 된다.

두 번째 조건. '짭조름하고, 후루룩 잘 넘어가고, 감칠맛 나는 음식'을 만들 수 있는 사람을 자연스럽게 아름 편의점으로 끌어들여야 한다.

세 번째 조건. 그 음식을 할아버지가 맛보고 확인할 수 있어야 한다.

나는 미간을 찌푸린 채 메모장에 적힌 글을 바라보았다. 주방장 구인 공고글 같은 이 글을 어떻게든 흥미롭게 만들어야만 했다. 그래야만 많이 퍼질 테고 이서우가 나타날 확률도 높아진다.

'맛. 이것만으로 사람을 찾는 게 가능할까?'

현진 언니가 만들어 줬던 수박주스가 생각났다. 수많은 수박주스가 있어도 현진 언니가 만들어 준 것은 골라낼 수 있을 것만 같았던 그 맛. '이서우'가 할아버지에게 만들어 주었던 음식도 그런 것이었을까.

"아, 저거 맛있겠다."

한참 생각에 빠져 있는데, 도희가 옆에서 중얼거렸다. 도희는 내 고민에는 아랑곳없이 유튜브 영상을 보았다. 모니터에는 '모디슈머 등장!'이라는 자막이 두둥 떠올라 있었다. 기성 제품을 자기 기호에 맞게 변형해서 소비하는 사람들을 모디슈머modisumer라 한다고, 크리에이터가 설명했다.

"자기만의 레시피를 자랑하는 게시글도 인기를 끌고 있는데요. 제가 오늘 만들어 볼 건……."

크리에이터의 멘트가 귀에 확 들어왔다.

'저거다, 저거.'

내 머리 위에 떠 있던 물음표가 반짝, 느낌표로 바뀌었다.

06
편의점 레시피 대회,
시작!

편의점 레시피 대회!

아름 편의점에서 레시피 대회를 개최합니다. 여러분이 알고 있는 편의점 레시피로 응모하세요. 아름 편의점의 '레시피 응모함'에 이름과 전화번호, 응모하고 싶은 레시피를 적어서 넣어 주세요. 가장 신박한 레시피를 선발해 상금 50만 원을 드립니다.

이번 레시피의 키워드는 다음과 같습니다.

1. 짭조름하고 2. 후루룩 잘 넘어가고 3. 감칠맛 나는 맛

조건은 단 하나! 편의점에 있는 음식으로만 만들어야 합니다. 예선을 통과하신 분은 편의점에서 직접 그 메뉴를 만들게 된다는 점, 미리 말씀드립니다.

아름 편의점의 위치는 아래 지도를 참고하세요.

👍 좋아요   💬 댓글 달기   ↪ 공유하기

바쁘다. 바빠졌다.

지역 커뮤니티에 '레시피 대회' 홍보를 올릴 때만 해도 이렇게 반응이 좋을 줄은 몰랐다. 특히 중·고등학생들의 참여가 폭발적이었다. 이런 시장 안에 처박혀 있는 편의점에까지 찾아오다니, 50만 원의 위력은 대단했다. 학생들은 대부분 학원 가는 길에 편의점에 들렀고, 레시피를 적어 넣고는 컵라면이나 삼각김밥을 사 먹었다. 덕분에 이틀 동안 내가 아르바이트를 시작한 이래로 최고 매출을 찍었다.

'이서우를 찾으려고 했던 건데, 가게 홍보가 되어 버렸네.'

장사가 잘되어야 내 월급이 꼬박꼬박 나올 수 있을 테니 나쁠 건 없었다. 하지만 교복 입은 애들이 문을 열고 들어올 때마다 흠칫하게 되는 건 어쩔 수 없었다. 우리 반 애들이 오지는 않을까 하는 걱정 때문만은 아니었다. 교복을 입은 아이들과 편의점 유니폼 조끼를 입고 있는 나. 그 차이를 인식할수록 내가 다른 애들과 완전히 다른 곳에 서 있는 것만 같은 위화감을 느꼈다. 고작 계산대 하나를 사이에 두고 서 있는데 말이다. 이런 감정을 무시하려고 고개도 들지 않고 스캐너를 찍는 데에만 집중했다.

오후 6시가 지나 한 차례 바쁜 시기가 지났다. 나는 편의점 한쪽에 설치해 놓은 '레시피 응모함'을 탈탈 털어 한 장씩 살펴보았다. 아무리 봐도 '이서우'라는 이름이 쓰인 종이는 없었다. 응모를 시작하고 사흘이 지나도록 비슷한 이름조차 들어오지 않았다. 지역 '알려드립니다' 커뮤니티에 올라간 '레시피 대회' 홍보글은 벌써부터 화력이 줄어들 기미를 보였다. 더 이상 공유도 되지 않았고, 댓글 수가 늘어나지도 않았다. 사람들은 이미 더 재미있는 게시물을 찾아 헤매고 있었다.

'이대로 작전 실패인 걸까.'

응모함을 설치한 지 나흘째 되던 날, 오라는 이서우는 안 오고 불청객이 찾아왔다. 학부쌤이었다. 학부쌤과 눈이 마주친 순간 잘못 본 건 아닌가 내 눈을 의심했다.

'설마 학부쌤도 레시피 응모하러 온 건 아니겠지?'

학부쌤은 망설임 없이 계산대로 다가왔다. 나는 계산대를 떠나 편의점 안쪽으로 도망가고 싶은 강렬한 충동을 느꼈다. 하지만 할아버지가 시장 청소를 하러 나간 때라 나까지 자리를 비울 수는 없었다. 지금 자리를 뜨면 학부쌤도 눈치챌 거다, 내가 겁을 먹었다는 것을. 꽁무니를 빼고 달아나서 학부쌤에게 승리의 기쁨을 안겨주기는 싫었다. 나는 포스기 정리에 열중하는 척, 계산대 앞에 선 학부쌤을 못 본 척했다.

"이루다, 학교도 안 오고, 이런 데에서 아르바이트나 하고 있었냐?"

학부쌤은 쯧쯧쯧, 혀를 찼다.

"이거 보고 왔다."

학부쌤은 내게 휴대폰을 내밀었다. '레시피 대회' 홍보글이 캡처되어 있었다.

"편의점에서 파는 음식으로 만든 레시피 대회라니. 편의점에서 파는 것들은 칼로리만 높고 영양가가 하나도 없어. 학생의 건강을 해치고, 사행성을 부추기는 이런 대회는 당장 그만두게 해야지 싶어 왔더니……. 설마 우리 학교 학생이 이런 짓을 하고 있을 줄이야. 여기 주인은 어디 있어? 미성년자를 아르바이트생으로 쓰고, 이런 말도 안 되는 대회를 열고. 내가 한번 만나 봐야겠다."

더 이상 무시할 수가 없었다. 나는 포스기에서 시선을 떼고 학부쌤을 마주 보았다. 학부쌤과의 두 번째 눈싸움이 시작되었다.

"시장 청소하러 나가셨어요. 그리고 저, 동의서 확실하게 처리하고 일하는 거예요."

"동의서를 받았든 안 받았든 이 시간에 미성년자를 고용하는 것 자체가 문제지. 지금이 오후 5시인데. 이 시간에 아르바이트하는 거면 학교 안 가는 게 뻔한 거 아냐! 학교 안 가는 걸 거드는 것과 뭐가 달라."

학부쌤의 언성이 높아졌다. 나는 기가 막혔다.

'내가 학교를 안 가게 된 게 누구 때문인데! 사람을 멋대로 오해하고, 무례한 말을 하고, 사과도 안 한 건 선생님이잖아!'

학부쌤과 눈싸움을 하기도 싫어졌다. 말이 통해야 싸움도 하는 거다. 내 앞에 선 학부쌤은 사람을 안으로 들일 생각이 조금도 없는 높고 단단하기만 한 벽이었다. 벽을 보고 말하면 그게 미친놈이다. 나는 학부쌤을 무시하기로 마음먹었다.

"이런 개념 없는 가게가 있으니까 애들이 학교 밖을 떠돌면서 불량 청소년이 되어 가는 거라고. 인건비 좀 아껴 보겠다고 싼 맛에 미성년자 고용하는 이런 가게는 한번 혼이 나 봐야 해. 주인이 청소를 하러 갔다는 것도 거짓말이지? 이 망해 가는 시장에 청소할 곳이 어디 있다고."

하지만 할아버지를 욕하는 학부쌤을 계속 무시하는 건 쉬운 일이 아니었다.

"안 만나 봐도 뻔히 보인다. 보나 마나 깡패 같은 놈이겠지. 돌아올 때까지 기다릴 테니 핑계 대지 말고 빨리 나오라고 해."

깡패라니. 순간 내 몸 안에 데굴데굴 굴러다니던 작은 폭탄이 인내심의 끈을 화르륵 불태워 버렸다.

"선생님이 더 깡패 같아요."

"뭐?"

학부쌤의 얼굴이 그야말로 도깨비처럼 변했다.

"남의 가게에 와서 소란 피우고, 알지도 못하는 사람 욕하고. 그리고 미성년자가 일하는 게 뭐 어때서요? 미성년자는 일하면 안 돼요? 일할 수밖에 없는 미성년자도 있는데, 그애들 전부 불량 학생으로 모는 게 선생님이 할 말이에요? 안 창피하세요?"

"이 녀석이 진짜, 버릇없이……."

내가 따지고 든 말이 학부쌤의 정곡을 찌른 모양이었다. '버릇없이'는 어른들이 그럴 때에 쓰는 말이니까. 자기가 잘못한 걸 알지만 자기 잘못을 죽어도 인정하기 싫을 때, 그럴 때면 어른들은 '버릇없다'는 말을 마법의 주문이라도 되는 양 읊어 댄다. 나는 분명 숙제를 제출했는데 자기가 내 공책을 잃어버리고는, 내가 숙제를 안 해 왔다고 몰아갔던 초등학교 때 선생님. 그 선생님에게 따지고 들었을 때에도 '버릇없다'는 말을 들었다. 만원 버스에서 내 엉덩이를 만지던 아저씨에게도 왜 이러느냐고 화를 냈더니 '어디 학생이 버릇없이'라고 했었다. 분식집에서 서빙하던 나를 밀쳐서 떡볶이를 엎지르게 했던 아줌마. 그 아줌마에게 떡볶이값을 물어 달라고 했을 때 들은 말도 '버릇없게'였다.

"편의점 같은 데서 일하더니 애가 아주 엇나갔네, 엇나갔어."

학부쌤은 저러다 입천장이 다 닳아 버리는 건 아닐까 싶게 또다시 혀를 찼다.

"편의점이 뭐 어때서요?"

편의점 안 테이블에서 컵라면이 익기를 기다리던 애들이 힐끔힐끔 계산대 쪽을 바라보는 게 느껴졌다. 창피했다. 하지만 학부쌤과의 전쟁에서 또다시 물러설 수는 없었다.

"편의점 같은 데서 밥을 먹으니까 애들이 엇나가는 거라고."

학부쌤은 결의에 찬 표정으로 자신의 개똥철학을 읊어 나갔다.

"밥은 집에서 부모님하고 얼굴 마주 보고 앉아 먹어야 하는 거야. 그래야 가족 간에 이야기할 시간도 생기고, 부모님께 고민도 털어놓고. 모든 화목은 식탁에서부터 시작되는 법이야."

나는 순간, 학부쌤의 아이가 가여워졌다. 이렇게 꽉 막힌 벽 같은 아버지와 마주 앉아 밥을 먹으려면 분명 체할 거다. 본 적도 없는 아이에 대한 연민에 학부쌤을 향한 전의마저 상실해 버렸다. 기브업. 나는 다시 포스기로 시선을 돌렸다. 나와 학부쌤 사이에 어색한 침묵이 내려앉았다.

큼, 학부쌤은 헛기침을 했다.

"페이스북에 올린 건 관리자한테 말해서 삭제하게 할 거다. 저응모함도 안 치우면 사행성 조장으로 신고할 테니 주인한테 그렇게 전해. 내일모레 다시 와서 확인할 테니까."

학부쌤은 마지막까지 자기 할 말만 하고는 편의점을 나갔다.

"뭐래, 저 아저씨."

학부쌤이 나가자마자 편의점 테이블에서 컵라면을 먹던 애들이 목소리를 높여 떠들기 시작했다. 애들도 학부쌤의 말을 듣는 게 나못지않게 고역이었던 모양이었다.

"학교 끝나고 학원 갈 때까지 고작 한 시간인데, 집에 가서 언제 밥을 먹어."

"안 그러면 학원 끝날 때까지 굶으라고?"

"근데 우리 엄마도 맨날 저 소리 해. 집에서 밥 먹으라고."

나는 스트링치즈 세 개를 집어 들고 가 아이들 앞에 내려놓았다. 서비스예요, 하고 말하자 애들 얼굴에 화색이 돌았다. 고맙습니다, 하고 인사를 하는 애들에게 손을 내저었다. 고맙기는. 내가 미안했다. 맛있는 라면을 먹으면서 학부쌤의 개똥철학을 BGM으로 들어야 했으니 말이다. 애들은 내가 준 스트링치즈를 컵라면에 찢어 넣으며 학부쌤에 대한 뒷담화를 이어 갔다.

'내 로망을 단번에 부수어 버릴 줄이야.'

사실 나는 학부쌤이 말한 '온 가족이 모여 앉아 도란도란 이야기하는 식사'에 약간 로망을 가지고 있었다. 우리 집이 그렇지 못했으니까. 아빠와 엄마의 근무 시간이 절묘하게 맞아떨어져 함께 저녁을 먹을 수 있는 날이 종종 있었지만, 그때도 여유롭게 대화를 나눌 수는 없었다. 주어진 시간은 20여 분 정도였고, 밥을 입에 바쁘게 옮기다 보면 어느새 시간이 다 지나 버렸다. 그렇기에 대화를 나눌 수 있는 저녁 식사란 내게 곧 아빠와 엄마의 고생이 끝났다는 신호 같은 것으로 인식되었다. 아빠가 새벽까지 일하지 않아도 되고, 엄마의 자격증 공부가 끝나고, 한 시간쯤은 모든 일정에 '잠시

쉽니다' 푯말을 걸고 식사를 할 수 있는 그런 날이 찾아왔다는 신호. 그런 날이 찾아왔을 때, 우리 가족의 첫 저녁 식사는 드라마의 한 장면처럼 반짝반짝하고 환한 빛으로 가득 차 있을 것만 같았다.

어차피 이젠 실현 불가능한 로망이었다. 그렇다고 그 로망이 와장창 부서지는 것도 썩 기분 좋은 일은 아니었다. 나는 다시금 학부쌤에 대한 분노를 느끼며 레시피 응모함을 열었다.

'오늘도 없을 게 뻔해. 학부쌤이 찾아온 것부터 재수가 안 좋잖아.'

응모함에는 열두 장쯤 되는 종이가 들어 있었다. 나는 건성으로 한 장씩 종이를 넘겨 보았다. 그런데 웬일이람. 학부쌤이 찾아왔던 게 액땜이었던 모양이었다.

있었다. '이서우'라는 이름이 적힌 종이가.

그것도 세 장이나!

"왔다, 왔다고! 드디어 왔어!"

나는 종이를 승리의 깃발처럼 마구 펄럭펄럭 흔들었다.

* * *

또다. 또 누군가 골목 안에 있었다.

설마 또 그 애들은 아닐까. 벙거지와 스냅백을 눌러쓰고 있던 남자애들을 떠올리자 골목 앞을 지나는 발걸음이 저절로 빨라졌다. 나는 골목 쪽으로는 고개도 돌리지 않은 채 쉼터 건물 안으로 뛰어들었다. 출입 카드에 시간을 적자마자 바로 2층으로 뛰어 올라갔다. 침대에 가방을 던지고 숨을 몰아쉬었다.

"무슨 일이야?"

거실에 앉아 있던 도희가 나를 따라 방으로 들어왔다.

"골목에 누가 있었어. 쉼터 쪽을 기웃거리는 것 같더라."

"정말? 아……. 또 걔들이면 어떻게 하지."

도희는 방의 창문을 열고 밖을 살펴보았다. 하지만 우리 방에서 보이는 건 대로변 정도지 골목 안쪽까지는 보이지 않았다. 도희는 창을 닫고는 침대 끝에 걸터앉았다. 푹, 땅이 꺼져라 한숨을 쉬었다. 나는 도희의 정수리를 내려다보다가 가지고 온 슈크림빵을 꺼냈다. 침대에서 내려와 도희 옆에 앉아 반을 갈랐다.

"이거 먹어."

도희는 빵을 보고 히죽 웃었다.

"맨날 하나씩 찔끔찔끔 사 오더라, 이거."

"빵 사는 것도 돈이니까."

도희는 빵을 받아 들고는 덥석 물었다. 갈라진 빵 틈으로 연미색 슈크림이 비죽이 밀려 나오는 것이 보였다. 나는 한입에 빵을 밀어 넣었다.

"나중에 내가 돈 많이 벌면 두 배로 갚을게. 아니다, 두 배라 봤자 하나잖아. 열 배로."

"한 번에 다섯 개나 못 먹어."

도희는 밀려 나온 크림을 혀끝으로 훑았다. 그러고는 중얼거렸다. 달다, 하고.

"나는 돈 많이 벌면 애들이 편하게 있을 수 있는 쉼터를 만들 거야. 진짜 집처럼. 저녁에 휴대폰 걷거나, 통금 빡세게 지켜야 하는 그런 시시한 규칙은 다 없애 버릴 거야. 그냥 언제든 와서 자고 갈 수 있는 진짜 집을 만들 거야."

"우리 쉼터, 통금이 빡세진 않잖아."

"내가 전에 있던 데는 엄청 엄했어. 저녁 8시였다니까, 통금이. 고등학생은 야자 하는 거 확인 받아야 10시까지 연장해 주고. 선생님은 얼마나 꼬장꼬장하던지……. 나랑 사이도 안 좋았어. 정쌤은 우리 이야기도 잘 들어 주고, 상냥해서 참 좋아. 쉼터가 다 여기 같으면 얼마나 좋을까."

"너, 여기 쉼터 몇 번짼데?"

도희는 손가락 세 개를 펴 보이며 말했다. 세 번째. 그러고는 재빨리 덧붙였다.

"쫓겨난 거 아냐. 걔들 있잖아. 나 찾던 남자애들. 걔네가 자꾸 쉼터로 찾아왔거든. 여자 쉼터에 남자애들이 기웃거리니까 다른 애들이 불안하다고 막 항의했어. 그래서 옮긴 거야. 이전에도 그래서 옮겼고."

"걔들은 왜 널 찾아오는 거야?"

다시 떠올려도 도희를 좋아해서 찾는 분위기는 아니었다. 도희는 내 질문에 한동안 답 없이 크림만 핥았다. 빵 부분이 축축해질 때까지 크림을 다 핥아 먹고서야 입을 열었다.

"팸으로 돌아오라고."

한 번 팸은 영원한 팸이라잖아. 웃기지, 하며 웃는 도희의 얼굴은 하나도 안 웃겼다.

팸이 뭔지는 들은 적이 있었다. 중학교 1학년 때, 같은 반이었던 애가 가출했다가 일주일 후에 돌아왔었다. 그 애는 가출했던 걸 무용담처럼 떠들었는데, 그때 팸에 들어갔었다는 이야기도 했다. 가출한 애들이 모여 한집에서 지내는 걸 '팸'이라고 하는데, 서로를 아빠니 딸이니 하는 가족 호칭으로 부른다고 했다. 꼭 소꿉놀이처럼. 하지만 도희의 말인즉슨, 소꿉놀이처럼 아기자기한 것이 아니라고 했다. 십 대 여자애들한테 돈을 벌어 오라고 성매매를 시키는 곳도 있다는 거였다.

"난 진짜 가족 운은 없나 봐."

도희는 소매를 걷었다. 팔꿈치부터 어깨 쪽으로 길게 화상 자국이 남아 있었다.

"아빠가 프라이팬으로 때려서 남은 자국. 내가 달걀 프라이를 태웠거든. 그랬더니 가스레인지에 올라가 있던 걸 그대로 집어 들어서 때리더라. 그 전에도 날 엄청 때리긴 했어. 그래도 난 아빠랑 잘 지내 보고 싶었어, 바보처럼. 엄마가 집을 나가서 아빠도 속상하겠지, 하고 얼굴도 기억 안 나는 엄마를 원망했어. 당장 같이 살아야 하는 아빠를 원망하는 것보다는 그 편이 속 편했거든. 생각해 보면 엄마도 나처럼 두들겨 맞았으니까 못 견디고 집을 나갔겠지. 안 그러면 한 살도 안 된 딸내미를 놔두고 집 나갈 이유가 없잖아. 맞다가 이러다간 죽겠다 싶어서 탈출했어. 갈 데가 없더라. 피시방에서 어슬렁거리는데 석이 오빠가 말을 걸어서……. 아, 석이 오빠가 정말……."

사이코였어, 하고 도희는 말끝을 흐렸다. 도희는 팸에서도 폭력을 당했다. 석이 오빠라는 사람은 스무 살이었고, 팸의 리더였다. 애들에게 돈을 벌어 오라고 했고, 정한 액수만큼 벌어 오지 못하는 애들끼리 서로 뺨을 때리게 시켰다. 다른 애들을 때려야 하는 때면 도희는 웃었다. 그럼 석이 오빠는 왜 웃냐고 도희를 때렸고, 도희는 다른 애들을 안 때리고 넘어갈 수 있었다.

"난 진짜 가족도 엉망이고, 집 나가서 들어간 팸도 엉망이고. 신이 날 만드실 때 '괜찮은 가족을 만날 확률'을 1퍼센트도 안 넣은 게 분명해."

도희는 투덜거리며 빵을 다 먹었다. 나는 도희의 화상 자국을 손바닥으로 살포시 덮어 보았다. 왜일까. 나는 이 아픔을 알 것만 같았다.

"미안했어."

도희는 자신의 상처를 덮은 내 손등을 물끄러미 보더니 불쑥 사과를 했다.

"뭐가?"

"예전에 너한테 소포 온 거 보고 놀린 거. 사실 부러워서 그랬어."

"별게 다 미안하네. 낯간지럽게."

도희의 손이 내 손등 위로 살며시 겹쳐졌다. 도희는 내 어깨에 머리를 기대며 힘주어 손을 잡았 다.

"루다야, 혹시 말이야. 걔들이 너 잡고 나에 대해 물어보면서 때리겠다고 하면, 그냥 불어. 알았지?"

어쩌면 누구든, 어딘가에 보이지 않는 화상 자국이 있는 건지도 모르겠다. 새살이 돋아나지 못한 상처.

새살은 어떻게 하면 돋아나는 걸까.

누군가 알려 줬으면 좋겠다.

07
사라진
슈크림 타임

이서우라는 이름이 적힌 종이는 총 세 장이었다. 이제부터는 이 이서우가 그 이서우인가, 확인 작전에 돌입해야 했다.

작전 1단계. 나는 응모 종이에 적힌 세 명의 '이서우'에게 메시지를 보냈다.

> 아름 편의점 레시피 대회 본선에 진출하신 걸 축하합니다! 본선 진출자 분들은 아름 편의점에 오셔서 레시피를 직접 만들어 주세요. 오실 수 있는 날짜와 시간을 알려 주시기 바랍니다. 편의점 쪽에서 재료를 준비해 드리니 필요하신 걸 알려 주세요.

레시피를 선보이러 세 명의 '이서우'가 아름 편의점에 오면 할아버지는 이들의 얼굴을 볼 수 있다. 게다가 레시피로 만든 음식까지 맛보면 진짜 이서우를 알아볼 확률은 분명 올라갈 터였다.

'내가 생각해 낸 작전이지만 정말 그럴싸해.'

자화자찬하며 응모 종이에 적힌 '이서우', 세 사람의 번호를 메시지 창에 옮겨 쳤다. 혹시 내가 아는 번호가 있지는 않을까. 번호 하나를 다 입력하고 다음 번호로 넘어갈 때마다 조마조마했다. 다행스럽게도 번호 세 개 모두 처음 보는 것이었다.

메시지 발송 완료.

이젠 답이 오기를 기다려야 했다.

'답, 오겠지?'

와야만 한다. 할아버지는 그날 이후 내게 이서우를 찾아 달라거나 이서우 찾기가 어떻게 되어 가고 있냐고 묻지 않는다. 하지만 보고 싶은 사람을 못 보는 게 어떤 기분인지 나는 너무 잘 안다. 그 사람에 대한 게 기억도 안 나게 된다면, 어떤 기분일까.

'잊어버리게 될까? 나도 뇌를 다치면?'

그 달콤했던 맛까지도.

* * *

엄마는 슈크림을 좋아했다.

"슈크림을 먹으면 행복해져. 아무리 힘든 일이 있어도 '슈크림 타임'을 가지면 화도 걱정도 다 달콤함 속에 녹아서 사라지는 것 같아."

나는 슈크림빵은 좋아하지 않았다. 하지만 슈크림을 세상 행복하게 먹는 엄마를 보는 건 좋아했다. '슈크림 타임'이라니. 그 표현조차도 엄마다웠다. 엄마는 그런 사람이었다. 태풍이 불어닥쳐 집에 물이 새도 벽지가 전부 안 젖어서 얼마나 다행이냐고 말하는 사람. 엄마는 커다란 불행 안에서 손톱만 한 행복을 발견하고, 그 행복을 불행보다 더 크게 키워 나와 아빠에게 나누어 주곤 했다.

엄마는 퇴근길에 가끔씩 슈크림빵을 세 개 사 왔다. 아주 맛있는 곳에서 사 온 거라며 아빠와 내게 하나씩 먹으라고 했다. 하지만 나도 아빠도 단것을 좋아하지 않는 탓에 슈크림빵 두 개는 늘 2, 3일이 지나도록 냉장고 안에 남아 있었다. 결국 엄마는 나와 아빠 몫으로 사 온 슈크림빵까지 먹으며 서운해했다.

"한 번쯤은 셋이 함께 슈크림빵을 먹고 싶어."

나는 그런 엄마를 이해할 수 없었다. 슈크림빵이 남을 것임을 알면서도 굳이 세 개씩 사 오는 것도, 나와 아빠가 슈크림빵을 먹지 않는 게 왜 서운한 일인지도 말이다. 엄마는 가족이라면 밥을 꼭 같이 먹어야 한다는 고집을 가진 사람도 아니었기에 더욱 그랬다. 아빠도 마찬가지였다.

"꼭 모여 앉아 먹어야 같이 먹는 건가. 한 솥에 담긴 밥을 먹으면 되지. 내가 끓여 놓은 된장국이 줄어 있으면 당신이 맛있게 먹고 나갔구나, 하고 뿌듯해지는걸."

"그건 나도 알아. 알지만……. 당신하고 루다는 슈크림빵을 먹어 주지도 않잖아."

엄마가 세상을 떠나기 전날. 그날도 엄마는 퇴근하면서 슈크림빵을 사 왔었다. 빵 세 개를 모두 냉장고에 넣으며 아빠가 물류센터 일을 쉬는 다음 날 저녁에 셋이 함께 먹자고 했다. 엄마가 그렇게까지 강경하게 '슈크림 타임'을 원한 건 처음이었다. 아빠가 달래도 고집을 굽히지 않았다.

"나랑 아빠가 안 먹으면 엄마 먹을 거 많아지고 좋잖아."

결국 나까지 나섰다. 하지만 엄마는 고개를 가로저었다.

"엄마, 내일 병원 가잖아. 속 안 좋은 거 왜 그런지 알아보려고. 엄마랑 같이 일하는 아줌마가 알려 줬는데 엄마처럼 토하고 체하고 그런 건 위염인 경우가 제일 많대. 그럼 한동안 밀가루 먹으면 안 된대. 슈크림빵은 당연히 안 되고. 그러니까 오늘 사 온 슈크림빵은 어쩌면 엄마 인생의 마지막 슈크림빵이 될지도 몰라."

"뭘 그렇게까지……."

"엄마는 진지해. 그러니까 마지막 슈크림빵은 꼭 다 같이 먹고 싶은 거야. 아빠와 루다에게 엄마가 좋아했던 건 이런 맛이구나, 하는 걸 알려 주고 싶다고."

결국 나와 아빠가 백기를 들었다.

"그래. 같이 먹자. 당신 병원 갔다 오면 마지막 '슈크림 타임'을 갖는 거야. 셋이 함께."

나도 떠밀리듯 고개를 끄덕였다. 엄마는 환하게 웃었다. 엄마가 저렇게 좋아하는데, 진작 한 번 먹어 줄걸 그랬나 하는 생각이 들 정도의 웃음이었다.

그렇지만 세 사람이 함께 모여 가지는 '슈크림 타임'은 오지 않았다. 다음 날, 엄마는 세상을 떠났다. 장례를 모두 마치고 집에 돌아오니 체한 듯한 기분에 탄산음료를 마시고 싶어 냉장고 문을 열었다.

엄마가 사 놓은 슈크림빵 세 개가 나란히 놓여 있었다. 그중 하나만 윗부분이 조금 가라앉아 있었다. 엄마가 아침에 빵을 꺼내 만지작거렸을 모습이 눈에 선했다. 먹고 싶어서 빵을 들고 한 번 꾹 만져 보았다가 다시 냉장고에 넣었을 것이다.

그렇게나 슈크림빵을 좋아했던 엄마. 사 와서 바로 먹고 싶었을 텐데도 나와 아빠와 함께 먹겠다며 하루를 기다렸던 엄마. 가족이 함께하는 '슈크림 타임'을 기대하며 버스에서 정신을 잃은 엄마. 자기가 좋아했던 맛을, 내게도 알려 주고 싶어 하던 엄마.

나의, 엄마.

나는 슈크림빵을 꺼내 먹었다. 달았다. 엄마처럼 달콤하고 폭신폭신했다. 나는 슈크림빵을 먹던 엄마의 얼굴을 떠올리려 했다. 내가 좋아했던 그 웃음을. 하지만 기억나지 않았다. 슈크림빵 하나를 다 먹을 때까지도 엄마가 어떤 표정으로 어떻게 슈크림빵을 먹었던가 도통 떠오르지 않았다.

이러다가 나는, 엄마의 얼굴과 목소리와 냄새와 모든 것을 잊어버리게 되는 게 아닐까. 겁이 났다. 견딜 수 없이 무서워졌다. 처음 느껴 보는 공포였다. 어릴 적에 시장에서 엄마 손을 놓쳐 잠깐 미아가 되었을 때와 비슷하게 주변이 빙빙 돌았다. 그때보다 훨씬 까맸고, 가야 할 곳이 보이지 않았다. 미아가 되었을 때에는 가야 할 곳이 명확했다. 엄마가 있는 곳. 그곳에만 가면 어둠은 사라지고 세상은 다시 환한 빛으로 가득해졌다.

나는 슈크림빵을 하나 더 먹었다. 웃던 엄마의 입가가 어렴풋이 떠올랐다. 하나 더 먹었다. 엄마의 눈주름도 기억해 냈다.

엄마를 잊는 것이 두려운 나와 달리 아빠는 엄마를 잊지 못할 것이 두려운 사람처럼 행동했다. 아빠는 집에서 엄마의 사진을 치워버렸다. 엄마의 옷과 물건을 버렸다. 나는 아빠가 버린 사진과 옷을 다시 주워 왔고, 아빠는 다시 버렸다. 계속되던 줄다리기는 결국 아빠가 이겼다. 내가 학교에 가 있는 사이, 아빠는 사진과 옷을 아예 쓰레기차에 실어 보냈다.

아빠는 엄마를 좋아했다. 그리고 아빠만큼이나 나도 엄마를 좋아했다. 아빠가 나를 엄마의 딸이니까 사랑하는 건지도 모른다는 거, 그런 건 괜찮았다. 엄마가 사라진 후 나도 아빠를 계속 사랑할 수 있을까 걱정했다. 나와 아빠는 엄마라는 끈으로 연결되어 있었고, 그 끈이 갑자기 사라진 상황에서 얼마큼의 거리를 두고 서 있어야 하는지 둘 다 가늠하지 못했다.

그날부터 나는 매일 저녁, 슈크림빵을 먹었다. 슈크림 같던 엄마를 잊지 않기 위해. 아빠는 모르는 척했다. 내가 왜 슈크림빵을 먹는지, 내가 밤에 슈크림빵을 먹지 않으면 잠들지 못하게 된 것이 무엇 때문인지.

엄마는 이제 없다. 아빠는 엄마에 대한 기억조차 없는 듯이 군다.

괜찮지 않은 건 바로, 그것이었다.

* * *

'맨 나중에 사라지는 기억은 대체 뭘까.'

집 안에서 사라진 사진과 옷처럼 기억이란 것도 그렇게 깨끗이 사라질 수 있을까. 나는 편의점 진열대에 놓인 슈크림빵을 만지작거렸다.

세 명의 '이서우'에게서 메시지가 온 건 아르바이트가 끝나 갈 무렵이었다.

RE: 이서우(1)

진짜 됐네. 전 일요일만 돼요. 일요일이면 언제든 오케이. 삼각김밥이랑, 미역국이요. 컵으로 파는 거. 게맛살도. 아, 코코넛 음료랑 봉지 자몽에이드랑 얼음도요.

RE: 이서우(2)

본선이요? 대박. 저 필요한 건요. 김치 컵라면, 볶은 김치, 소시지, 두부요. 아, 치즈두요. 노란 거! 전 오후 5시 이후 예약이요. 날짜는 언제든 오케이구요!

RE: 이서우(3)

이서우입니다. 본선이라니, 생각도 못 했네요. 제가 필요한 건 쌀국수 컵라면이랑 날달걀만 있으면 됩니다. 해가 지기 전이었으면 해요. 해가 지면 무서워서…….

구운 주먹밥과 게맛살 미역국

일요일, 첫 번째 이서우가 아름 편의점에 찾아왔다.

오후 2시였다. 나는 이서우를 맞이하기 위해 원래 아르바이트 시간보다 한 시간 먼저 편의점에 나와 준비를 했다. 편의점 출입문에는 '임시 휴업' 팻말을 걸고, 편의점 안 탁자를 길게 이어 붙였다. 휴대용 버너와 냄비, 주전자, 숟가락과 국자 등 조리 도구도 늘어놓았다. 탁자 맨 윗자리에는 할아버지의 자리를 마련했다. 비록 종이를 삼각형으로 접어 놓은 것일 뿐이지만 매직으로 '심사 위원'이라고도 적어 넣었다. 그러고는 첫 번째 이서우가 알려 준 준비물을 하나씩 체크하며 탁자 위에 놓았다.

"삼각김밥, 컵 미역국, 게맛살, 코코넛 음료랑 봉지 자몽에이드, 얼음은 나중에 냉동고에서 꺼내야겠다."

준비 완료. 뿌듯하게 탁자를 둘러보는데 편의점 문이 빠끔히 열렸다.

"저, 오늘 레시피 대회요. 음식 만들러 온 이서우인데요."

금색으로 탈색한 머리카락이 오후 햇살에 반짝거리면서 빛났다.

"들어오세요."

첫 번째 이서우는 남자애였다. 고등학교 2학년이라고 자기를 소개한 이서우는 인사를 마치자마자 친근하게 말을 붙였다.

"넌 몇 학년이야? 고등학교 1학년? 중학생?"

"중학생이요. 3학년. 전 이루다라고 해요."

"에이, 그럼 말 편하게 해. 고작 두 살 차인데 무슨 존댓말이냐."

"그래. 그럴게. 저 할아버지가 편의점 주인이야. 할아버지, 이서우 씨예요."

이서우는 할아버지 앞으로 쪼르륵 달려가 섰다.

"안녕하세요. 이서우입니다! 할아버지가 심사 위원이시구나. 잘 부탁드립니다. 할아버지는 연세가 어떻게 되세요? 전 열여덟 살인데."

"나는 일흔아홉 살이에요."

이서우는 할아버지와도 붙임성 좋게 대화를 이어 나갔다. 나는 할아버지의 반응을 살폈다. 할아버지는 가만히 이서우를 올려다보았다.

"머리카락이 반짝반짝하군요."

"예. 싫으신가요?"

"그럴 리가. 그래요. 서우 머리카락은 늘 반짝반짝했지요. 오늘도 오토바이 타고 왔나요? 헬멧을 꼭 써야 해요."

"어, 저 바이크 타는 거 어떻게 아셨어요?"

할아버지는 아무래도 이서우를 알아보는 듯했다. 할아버지는 무언가 생각에 잠긴 듯 입을 다물고 고개만 끄덕였다.

'얘가 정말 할아버지가 찾는 이서우일까?'

이서우가 만든 음식을 할아버지가 맛보면 좀 더 확실해질 터였다.

"그럼 만들어 볼까?"

이서우는 소매를 걷어붙이고 탁자 앞에 섰다. 나는 이서우가 적은 레시피를 봤다. 레시피는 무척 간단했다.

구운 주먹밥과 게맛살 미역국

1. 프라이팬을 달군다. 삼각김밥의 김을 벗긴다. 삼각김밥의 종류는 무엇이든 괜찮다.

2. 달군 프라이팬에 삼각 김밥을 놓는다. 참기름이 있으면 앞뒤로 발라 주면 좋지만 없어도 상관없다.

'어라. 음료수는 어디에 쓰는지 레시피에는 안 나와 있네.'

코코넛 음료와 자몽에이드는 어디에 쓰는 걸까 싶었다. 나는 삼각김밥 포장지를 벗기는 이서우 바로 옆으로 다가섰다. 순간 내 코끝이 킁, 반사적으로 움직였다. 이서우에게서 무언가 익숙한 냄새가 났다. 엄마가 퇴근 후 미용 실기를 연습할 때면 온 집에 은은히 떠돌던 냄새였다.

"파마약 냄새가 나."

"개코네. 나 미용 배우거든. 냄새 많이 나? 싫지?"

"아니. 좋아해."

이서우의 손안에서 삼각김밥이 한 바퀴 헛돌았다. 이서우가 재빨리 잡았기에 망정이지 하마터면 바닥에 삼각김밥이 떨어질 뻔했다.

"좋아한다고?"

"열심히 하는 거 좋아한다고. 연습 많이 해서 몸에 밴 거잖아."

이서우는 나를 빤히 바라보더니 눈이 반달 모양으로 휘도록 웃었다. 나는 이서우의 웃는 얼굴이 레트리버를 닮았다고 생각했다.

"나도 좋아하게 될 것 같아."

"뭘?"

이서우는 내 말에 대답하지 않고 삼각김밥 포장만 쭉 잡아당겼다. 삼각김밥 두 개가 깔끔하게 벗겨졌다. 이서우는 삼각김밥의 김을 벗겨 내는 데 집중한 듯 잠시 말이 없었다. 나는 이서우의 손끝을 들여다봤다. 섬세하게 움직이는 손가락이 참 예뻤다.

"나, 곧 헤어 디자인 대회 참가하거든. 그래서 이거 본선 붙었다는 연락 받고 진짜 기뻤어. 조짐이 좋다 싶더라고."

이서우는 김을 벗고 맨숭맨숭 하얗게 드러난 삼각김밥을 프라이팬에 올렸다. 치이이익. 달궈진 프라이팬에서 고소한 냄새와 연기가 함께 피어올랐다.

"약간 눌어붙게 굽는 게 포인트야."

이서우는 숟가락으로 삼각김밥 위를 꾹꾹 눌렀다. 그러고는 레토르트 미역국에 게맛살을 찢어 넣었다. 구워진 삼각김밥은 앞뒤가 노릇해서 꽤 그럴싸해 보였다. 이서우는 벗겨 낸 김을 들어 가위로 오리기 시작했다.

"미역국에 게맛살 넣는 건 처음 봤어."

이서우의 가위질이 멈췄다. 김은 '이서우'라는 글자 모양대로 잘려 있었다.

"2년 전에, 고등학교 입학하기 전에 말이야. 자취하는 거랑 실업계 가는 것 때문에 문제가 좀 있었어. 아빠랑 엄마가 엄청 싸웠거든. 아빠는 반대하고, 엄마는 내 편을 들어 주고."

이서우가 특성화고등학교를 택한 건 미용학과를 가기 위해서라고 했다. 이서우는 헤어 디자인이 좋았다. 가위를 들고 섬세하게 무언가를 잘라 낼 때면 희열을 느꼈다. 초등학생 때에는 머리를 기르겠다고 고집을 부리다가 아빠에게 맞았다. 이서우가 머리를 기르려던 건 자기 머리라도 잘라 보고 싶어서였다. 하지만 이서우의 아빠는 남자는 머리를 기르면 안 된다고, 기르면 집에서 쫓아낼 거라고 엄포를 놓았다.

이서우가 특성화고등학교를 가겠다고 했을 때에도 그랬다. 이서우가 미용학과를 가고 싶다고 말해도 들은 척도 안 했다. 그때 처음으로 이서우의 엄마는 남편에게 화를 냈다. 이서우는 엄마가 화내는 것을 그때 처음 보았고, 그것이 자신을 위한 일이어서 부끄러웠다.

"엄마 생일이 1월이었어. 미역국을 끓여 드리고 싶은 거야. 그런데 도저히 직접 끓일 엄두는 안 나더라고. 나, 그때까지 달걀 프라이도 내 손으로 안 만들어 봤거든. 만날 차려 주는 것만 먹었지. 생일 사흘 남았는데 연습한다고 될 것 같지도 않고……. 그래서 꼼수 쓴 거야. 삼각김밥도, 엄마는 눌은밥 좋아하니까 이렇게 하면 맛있겠지 싶었고."

구운 주먹밥과 미역국이 쟁반에 놓였다. 그릇에 옮겨 놓은 밥과 국은 일회용 플라스틱 포장지에 쌓여 있었다고 생각되지 않게 그럴싸했다. '엄마의 손으로 빚어낸 주먹밥'이라고 하면 열에 여덟 명쯤은 속아 넘어갈 수 있을 듯싶었다.

"엄마가 기뻐하셨겠네. 맛있다고 하셨어?"

"기뻐하긴 했는데. 맛있다는 말은 못 들었어."

"왜?"

이서우는 김으로 만든 글씨를 삼각김밥 위에 올렸다.

"완성. 작품을 제출하려면 이름을 써야지."

이서우는 그릇 주변을 깨끗이 닦았다. 그릇을 닦는 이서우의 표정은 더없이 진지했다. 접시에 시선을 고정한 채 이서우는 말했다.

"그때 말이야. 아빠가 버렸거든. 만든 걸."

이서우는 저녁 식사 시간 전에 구운 삼각김밥과 미역국을 식탁에 올려놓았었다. 엄마가 들어오면 서프라이즈 파티를 할 계획이었다. 하지만 엄마보다 아빠가 먼저 부엌에 들어온 게 문제였다. 이서우의 아빠는 삼각김밥을 보자마자 대뜸 접시를 들어서는 음식물 쓰레기통에 버렸다. "이런 쓰레기는 먹으면 안 된다고 했지."라면서. 사 온 케이크에 초를 꽂고 있던 이서우는 한 박자 늦게 외쳤다.

"그거 내가 만든 거야. 엄마 주려고!"

하지만 이서우의 아빠는 눈도 깜짝하지 않았다.

"이따위 걸 생일 선물이라고 준비했냐고, 오히려 혼났지."

"너무하다……."

이서우는 접시에서 눈을 뗐다. 그러고는 어깨를 으쓱해 보였다.

"우리 아빠가 좀 그런 사람이거든. 자신의 편견을 정의라고 믿고 있는 사람."

이서우의 아빠는 배달 음식을 먹지 않았다. 위생 상태가 형편없는 주방에서 배달 음식을 만드는 업체가 적발되었다는 뉴스를 봤기 때문이었다. 편의점 음식은 칼로리가 높고 영양가는 적다는 기사를 본 후로는 편의점 음식도 안 먹었다. 이서우의 아빠는 신문과 공영 채널이 전해 주는 정보를 진리이자 규칙으로 여겼고, 동시에 '여자는 이래야 한다.'거나 '남자는 이래야 한다.'는 사회의 통념도 절대 불변의 가치라고 믿었다.

"내가 미용 배우는 걸 반대하는 이유도 단순해. 학생은 공부를 해야 한다나. 그래서 결국 집 나왔어. 지금은 자취하면서 미용 배워. 엄마 허락은 받았지만…… 아빠는 여전히 반대 중."

"와……. 도대체 그게 무슨……. 편견이 샌드위치 같네. 편견 위에 또 편견."

내 말에 이서우는 또 웃었다. 역시 레트리버를 닮았다. 내가 제일 좋아하는 동물이 개, 그중에서도 레트리버다. 아무 경계심 없이 웃는 얼굴이 좋다. 그래서 나는 이서우가 웃는 게 좋았다.

"샌드위치! 딱이다. 너, 나랑 마음이 좀 맞는다."

이서우는 툭, 내 손등에 자신의 손등을 하이파이브 하듯 쳤다. 이서우의 손이 닿은 부분이 어쩐지 말랑말랑해진 듯 느껴졌다. 나는 들고 있던 레시피 종이를 들여다보는 척했다.

"코코넛 음료랑 자몽에이드. 이거는 왜 준비해 달라고 한 거야?"

"아, 맞다. 내가 이걸로 기막힌 걸 만들어 줄게. 할아버지, 술 드세요?"

이서우가 묻자 할아버지는 고개를 가로저었다.

"나는 술을 못 마셔요. 예전에는 마셨지만. 몸이 안 좋아져서 마시면 안 된답니다."

"오늘 다시 술맛을 느낄 수 있게 해 드릴게요."

이서우는 자신만만하게 코코넛 음료를 집어 들었다.

"이 음료수로 술을 만들겠다고?"

맥주도 소주도 없는데 어떻게 하려는 걸까. 궁금증이 솟았다. 이서우는 코코넛 음료를 열려다가 탁자 위를 살펴보았다.

"얼음컵이 없네."

"가져다줄게. 냉동실에 있어. 미리 꺼내 놓으면 얼음이 다 녹아버릴 것 같았거든."

내가 냉동실 쪽으로 몸을 돌렸을 때였다. 편의점 문이 난폭하게 열렸다. '임시 휴업'이라는 팻말도 무시하고 안으로 들어온 사람은, 학부쌤이었다.

"커뮤니티에 홍보문, 분명 내렸는데 다시 올라왔더군. 내가 오죽하면 휴일에 쉬지도 않고 여기까지 왔겠어……. 이서우. 네가 왜 여기 있어?"

거들먹거리며 가게 안으로 들어오던 학부쌤은 이서우를 보더니 성큼성큼 탁자를 향해 다가왔다. 학부쌤은 굳은 표정으로 탁자 위를 살펴보았다. 학부쌤의 입가가 씰룩였다.

"아직도 이런 쓰레기를 만드는 거냐? 머리 꼴은 이게 또 뭐야. 네 엄마가 오냐오냐하니까 집을 나가서는 제멋대로 사는구나. 금쪽같은 일요일에 이따위 짓이나 하면서 놀고 있는 걸 보면 얼마나 제멋대로 지낼지 안 봐도 뻔해."

학부쌤은 이서우를 향해 폭풍 잔소리를 퍼부었다. 이서우는 고개를 푹 숙인 채 아무 대답도 하지 않았다. 나는 학부쌤과 이서우를 번갈아 바라보다 비로소 상황 파악을 했다. 이서우가 처음으로 만든 구운 삼각김밥을 버렸다던 아빠. 그 사람이 학부쌤이었다. '이서우의 아빠'는 학부쌤과 잘 매칭되지 않았다. 그러나 '편견의 샌드위치'는 너무나도 학부쌤과 잘 어울렸다.

"이루다, 네가 이벤트 공지문 다시 올린 거냐? 이런 쓸데없는 걸 하니까 서우 얘가 이딴 짓이나 하고 있지……. 여기 아르바이트 빨리 그만둬라. 아니면 학교 정식으로 때려치우고 해. 우리 학교 명성에 먹칠하지 말고!"

학부쌤의 화살이 나에게로 향했다.

"이루다, 다음 주 금요일까지 학교에 안 오면 진짜로 정학당할 줄 알아!"

학부쌤은 쾅, 탁자를 내리쳤다. 탁자 위에 놓여 있던 삼각김밥 그릇이 바르르 떨렸다. 삼각김밥에서 나던 고소한 냄새는 이미 사라진 뒤였다. 학부쌤은 그릇으로 손을 뻗어서는 난폭하게 흔들어 댔다.

"서우, 너, 일요일에 꼭 집으로 밥 먹으러 오라고 했지. 그 약속도 안 지키더니 이딴 거나 만들고 있었냐? 계속 멋대로 굴면 금전적 지원을 끊어 버릴 거다."

"끊으세요."

이서우가 고개를 들었다.

"뭐?"

"금쪽같은 일요일에 아빠 얼굴을 보러 가느니 돈 안 받고 말겠다고요. 아빠와 함께하는 식사 시간은 내게 늘 최악이었다고요!"

"이 자식이!"

학부쌤은 눈을 부릅뜨고 손을 치켜들었다. 이서우의 뺨을 향해 날아오는 학부쌤의 손을 중간에 잡아챈 건 할아버지였다. 탁자 끝에 앉아 있던 할아버지는 어느새 학부쌤 옆에 서 있었다.

"자기를 다스릴 줄도 모르면서 어떻게 애들을 다스립니까."

"뭐야, 이 노인네는?"

나무늘보처럼 느리던 평소 때와 달리 할아버지는 빠른 몸놀림으로 학부쌤과 이서우 사이를 파고들었다. 할아버지의 등이 이서우를 보호하듯 막아섰다. 할아버지의 등 뒤에서 이서우는 깊게 숨을 들이마셨다.

"집으로 가서, 밥을 먹으러 가서 뭘 어쩌라는 건데요."

콧김을 내뿜으며 할아버지를 노려보던 학부쌤은 이서우를 봤다. 이서우는 할아버지의 등 뒤에서 나와 몸에 잔뜩 힘을 주고 학부쌤을 마주 보고 섰다.

"남 보기에만 화기애애한 가족인 척! 한 식탁에 앉아 있어 봤자 아빠 혼자 하고 싶은 말만 하고, 나나 엄마 말은 듣지도 않고! 스트레스만 쌓이는데 같이 밥을 먹고 싶겠냐고요!"

이서우는 거친 숨과 함께 말을 토해 내고는 편의점 밖으로 나가 버렸다. 학부쌤은 멍하니 이서우가 나가는 것을 바라보고만 있었다. 나는 이서우를 따라나섰다. 이서우를 혼자 두면 말라 버린 주먹밥 밥알처럼 후드득 떨어져 나갈 것만 같아서 가만히 보고만 있을 수가 없었다.

이서우의 금색 머리는 멀리서도 잘 보였다. 나는 횡단보도 앞에 쪼그려 앉아 있는 이서우 곁에 다가가 섰다.

"괜찮아?"

"괜찮아. 할 말 다 했더니 속이 시원해."

"듣는 나도 시원하더라."

나도 이서우 옆에 함께 쪼그려 앉았다.

"근데 저런 아빠도 아빠라고 이렇게 기분 더러워지는 게 너무너무 짜증 나."

우리는 도로 위를 달리는 자동차를 한참 동안 바라보며 함께 앉아 있었다. 자동차가 지나갈 때마다 이서우의 머리카락이 가볍게 날렸다 가라앉는 것을, 나는 곁눈질로 훔쳐보았다.

"나 대회 중간에 나와 버린 셈이지? 그럼 우승 못 하겠네."

자동차가 네 대쯤 사라지고 횡단보도의 신호등이 노란색으로 바뀌었을 때, 이서우가 불쑥 입을 열었다.

"왜, 50만 원 날아가서 아까워?"

"아니. 괜찮아."

이서우는 나를 보며 빙긋 웃었다.

"더 좋은 걸 받은 것 같아서. 안내 문자 줬던 번호, 네 번호지?"

"맞아."

"폰 좀 줘 봐."

나는 주머니에서 휴대폰을 꺼내 이서우에게 건넸다. 이서우는 빠르게 키패드를 눌렀다. 키패드를 누르는 이서우의 손가락은 역시 예뻤다.

"이게 내 번호. 정식으로 알려 주는 거야. 내 연락, 씹으면 안 된다."

신호등이 초록색으로 바뀌었다. 이서우는 벌떡 일어나더니 횡단보도를 건너가 버렸다. 나는 이서우의 반짝거리는 머리카락이 멀어지는 것을 바라보며 앉아 있었다. 레트리버처럼 웃고, 손가락이 예쁜 이서우가 완전히 보이지 않게 된 후에야 나는 몸을 일으켰다.

편의점으로 돌아가 보니 학부쌤은 사라지고 없었다. 할아버지는 아무 일도 없었다는 듯이 탁자에 앉아 구운 삼각김밥을 먹고 있었다. 할아버지는 삼각김밥을 한 입 한 입 소중하게 꼭꼭 씹었다. 미역국도 호로록 마셨다. 그 모습에 꽉 조여 있던 마음이 느슨하게 풀렸다.

"할아버지, 어때요? 이 맛이에요?"

"음, 무척 닮았어요. 닮았는데……. 좀 더 새콤한 맛이었어요. 닮았는데, 아니에요."

첫 번째 이서우는 할아버지가 찾던 '이서우'가 아니었다. 그 사실이 이상하게도 그다지 섭섭하지는 않았다. 더 좋은 걸 받은 것 같아서, 하던 이서우의 말이 자꾸만 귓가에 맴돌았다.

'만들려고 했던 음료는 뭐였을까.'

나중에 다시 만들어 달라고 할까. 내가 먼저 메시지를 보내 봐 야겠다.

09 간단 부대찌개

 두 번째 이서우와 연락이 안 된다. 화요일에 오기로 했는데, 벌써 목요일이다. 다시 메시지를 보내도 답장이 없다.

 '한 명의 이서우라도 더 찾아내야 하는 마당에…….'

 응모함에는 더 이상 '이서우'라는 이름이 적힌 종이가 들어오지 않았다. 홍보의 위력이 떨어졌는지 레시피를 응모하러 오는 손님도 줄었다. 그래도 단골손님은 생겼다. 대부분이 채소를 가지러 오는 주부들이었다. 그들은 이것저것 사러 온 김에 채소를 챙겨 갔는데, 이 편의점에서 공짜로 주는 채소가 슈퍼에서 파는 것보다 싱싱하다며 좋아했다.

 나는 두 번째 이서우가 준비해 달라고 한 재료를 진열대 안쪽에 밀어 넣었다. 두 번째 이서우에 대한 생각 너머로, 당장 닥친 또 하나의 문제가 비죽이 고개를 내밀었다.

내일 학교에 갈 것인가, 말 것인가.

학부쌤이 내게 말했었다. 금요일까지 학교에 오지 않으면 정학 처분을 내리겠다고.

학부쌤은 그러고도 남을 사람이었다. 성난 황소는 고양이를 밟고도 그게 고양이에게 얼마나 치명적일지는 생각도 안 할 거다. 자신이 성난 걸 푸는 데에만 정신이 팔려 있을 테니까. 고양이가 죽어도 죄책감 따위는 요만큼도 느끼지 않을 거다.

졸지에 황소 앞의 고양이가 된 내 심정은 하루에도 이쪽과 저쪽을 왔다 갔다 했다.

'정학쯤이야 얼마든지 맞아 주마.'

이런 오기에 찬 심정이 절반.

'정학을 받으면 진짜 학교로 못 돌아가게 되는 것 아닐까.'

이런 걱정에 찬 심정이 절반.

혼자서 훌륭하게 살아 나가려면 학교는 졸업해야 할 것 같았다. 그래야 취직도 하고, 돈도 벌 테니까. 그 정도는 알고 있다. 하지만 학교에 돌아가면…….

'반 애들이 비웃겠지. 기세 좋게 나가더니 왜 돌아왔냐고.'

한 명이라도 내 편이 있으면 버틸 수 있을 텐데.

그 생각과 동시에 한 사람의 얼굴이 떠올랐다. 나는 그 얼굴을 떨쳐 내려고 고개를 마구 가로저었다. 곧 있으면 아르바이트가 끝날 시간이었다. 나는 화장실에 간 할아버지가 돌아오기를 기다리며 계산대로 갔다. 포스기 정산을 하려는데 편의점 문이 열렸다. 나는 반사적으로 문 쪽을 봤다. 그러고는 그대로 얼어붙었다.

떨쳐 내려고 했던 얼굴이 편의점 안으로 들어오고 있었다.

이서우. 아래로 처진 눈썹 때문에 서우가 서운이 되고, 억울이 되었다가 '울이'라 불리게 된 아이. 나만은 '우리 울이'라는 애칭으로 불렀던 아이. 한때 나의 단짝 친구였다.

"……화요일에 오기로 했던 이서우가, 난데."

세 명의 이서우의 폰 번호 중 울이의 번호는 분명히 없었다. 없었지만……. 그래, 불안하긴 했었다. '이서우'라는 이름을 들었을 때부터 계속해서 울이가 떠올랐으니까. 나는 울이가 들고 있는 휴대폰을 빤히 바라보았다. 울이는 내가 무슨 생각을 하는지 눈치챈 모양이었다. 슬그머니 휴대폰을 주머니 안에 넣었다.

"폰 번호 바꿨어, 엄마 거랑. 내 번호로 다시 오기 시작했거든. 욕 같은 거……. 아직 단톡방에 불러들인다거나 그런 건 없지만. 내가 겁먹으니까 언니가 자기 거랑 바꿔 줬어."

"이건 왜 응모한 건데?"

응모 공고는 게시판을 보고 알았더라도 응모함은 아름 편의점 안에만 있었다. 그런데도 어떻게 울이가 왔던 걸 내가 몰랐나 싶었다. 알았더라면 '이서우'라는 이름을 보고 좀 더 의심했을 거다. 적어도 세 명의 이서우에게 한 번씩 전화라도 걸어 봤을 거다. 혹시 울이가 받으면 바로 끊어 버리고, 그 번호에는 엑스 자를 쫙 그어 버렸을 거다.

"재미로 해 봤는데 뽑혔다고 연락이 와서……. 네가 아르바이트하는 곳인 줄 몰랐어. 진짜야. 내가 왔을 때는 너 없었어. 할아버지만 있고. 루다 네가 알바하는 곳이라는 거 월요일에야 알았어. 학부쌤이 말하는 거 듣고. 진짜야."

울이의 말을 어디까지 믿어야 하는 걸까.

"내가 알바하는 거 알고 화요일에 안 온 거구나. 연락도 안 받고. 그런 거면 계속 오지 말았어야지. 이제 와서 왜 온 건데?"

"그게, 이 기회가 아니면 너랑 영영 이야기를 못 할까 봐……."

"너랑 할 이야기 없어."

당장 나가, 하고 말하려고 했다. 할아버지가 가게 안으로 들어오지 않았다면 그랬을 거다.

"무슨 일인가요?"

할아버지는 문 앞에 선 울이와 나를 번갈아 바라보았다.

"아니에요. 레시피 대회 때문에 온 사람이에요. 할아버지, 지금 가게 문 닫아도 돼요?"

"그럼요. 루다 양이야말로 괜찮나요? 7시 반인데. 9시가 통금이잖아요."

"괜찮아요."

나는 테이블을 길게 붙이고 진열대 안쪽에 넣어 두었던 재료를 꺼냈다. 김치 컵라면, 볶은 김치, 소시지, 두부, 노란 치즈. 내가 테이블에 휴대용 가스레인지를 올려놓고 재료를 세팅하는 동안 울이는 휴대폰을 꽉 붙잡고 가게 한쪽에 서 있었다.

'내가 사라지니까 다시 서우를 괴롭히나 보지.'

휴대폰 번호를 바꾼 정도면……. 반 애들이 울이에게 했던 일들이 떠올랐다. 휴대폰으로 욕을 보내고, 단톡방으로 불러들여 못 나가게 하고, SNS에서 노골적으로 울이를 비웃었다. 그때 울이는 내 내 휴대폰을 붙잡고 안절부절못했었다. 안 보면 될 텐데, 하고 말했더니 안 볼 수가 없어, 하고 답했었다. 지금도 저러는 걸 보면…….

'아니지. 신경 쓰지 말자.'

혼자 꿋꿋하게, 앞으로는 절대 오지랖 따윈 부리지 않고 마이웨이를 가겠노라.

오지랖. 그랬다. 오지랖이었다. 우정 아닌 오지랖.

나와 울이의 관계는.

* * *

내가 은따를 당한 이유는 간단했다. 왕따인 울이의 편을 들었기 때문이었다.

울이가 왕따를 당한 건 우리 반의 '두목 원숭이' 때문이었다. 그 남자애 별명이 두목 원숭이인 것은 아니다. 하지만 단지 덩치가 크고 싸움을 잘한다는 이유 하나로 남자애들을 휘어잡고 우쭐거리는 모습이 내게는 딱 두목 원숭이쯤으로 보였다.

두목 원숭이는 이상한 목표를 가지고 있었는데, 중학교 3년 동안 여자애 100명에게 고백을 하겠다는 거였다. 문제는, 차이고 나면 자기를 찬 여자애를 정말 유치하게 괴롭히는 거였다. 그래서 여자애들 사이에서 두목 원숭이는 요주의 인물로 꼽혔다. 여자애들은 1학년 때부터 어떻게든 저 100명 안에 들지 않으려고 갖은 애를 썼다.

"여자애들, 은근 내 고백 받기를 기다린다니까. 나한테 고백 못 받으면 못생겼다는 이야기니까."

두목 원숭이는 이런 헛소리를 하기도 했다. 대부분 여자애들의 의견은 같았다.

"쟤한테 고백받느니 차라리 못생겼다는 말 듣는 게 낫겠다."

물론 누구도 두목 원숭이 앞에서 그렇게 말하지는 못했다. 두목 원숭이는 남자애들의 왕이었고, 남자애들이 따돌림을 시작하면 여자애들이 거기에 동조하게 되는 건 시간문제였다. 따돌림이란 건 그런 거였다. 시작점이 어디든 도미노처럼 퍼져 나가면 이유가 무엇이었는지는 어느새 잊히고 다들 휩쓸려 넘어지게 된다.

그 두목 원숭이가 울이에게 고백을 했다. 울이는 거절했다. 나는 그때까지 울이와 그렇게까지 친하지 않아서 소문만 들었다.

그날, 새로운 단톡방이 만들어졌다. 나도 납치되듯 초대되었다. 공지에는 '왕짜증 소심쟁이 이서우, 왕따임. 같이 안 하는 사람 각오할 것.'이라고 쓰여 있었다. 중학교 3학년이나 되어서 이렇게 유치한 톡방에 들어오게 되다니. 나는 톡방에 올라오는 메시지들을 무시했다.

급식 시간이었다. 화장실에 들렀다 오느라 좀 늦게 내려왔더니 빈자리가 거의 없었다. 나는 급식을 받아 들고 주변을 둘러보았다. 울이가 벽 쪽에 붙어 앉아 혼자 밥을 먹고 있었다. 울이가 앉은 테이블 자리 세 개는 텅 빈 채였다. 나는 울이에게로 다가갔다.

"앉아도 되지?"

울이는 둥그렇게 눈을 뜨고 고개를 끄덕였다. 나는 울이의 맞은편에 앉아 밥을 먹었다. 쉬는 시간에 울이가 내게 초코 우유를 줬다. 다음 날 아침, 울이가 내게 물었다.

"나, 네 옆자리에 앉아도 돼?"

그렇게 나와 울이는 단짝이 되었다.

처음부터 울이와 마음이 잘 맞았던 건 아니었다. 나와 울이는 성격이 완전히 달랐다. 울이는 다른 애들 눈치를 많이 봤다. 영국

록 밴드를 좋아하고 아이돌에는 관심이 없으면서, 다른 애들이 좋아하니까 아이돌을 좋아하는 척했다. 나는 가끔씩 쉬는 시간에 혼자 책을 읽었는데, 울이는 그걸 대단하다고 했다.

"나도 책 읽는 거 좋아하거든. 근데 학교에선 못 읽겠어. 잘난 척한다고 할까 봐."

"그거 가지고 욕하는 애들이 이상한 거지. 무시해."

"……난 루다 너처럼은 못 할 거야."

울이는 내가 책을 읽을 때면 가만히 옆에 앉아 있었다. 나는 그런 울이가 답답했다. 그러다 어느 날, 울이는 비장한 표정으로 소설책 한 권을 가방에서 꺼냈다. 내가 읽고 있던 것과 같은 것이었다. 나는 책을 읽다가 울이를 봤다. 울이는 한참을 머뭇거리다가 책을 반쯤 펼쳐서는 훔쳐보듯 읽었다. 그러다 나와 눈이 마주쳤다. 나와 울이는 대단한 비밀이라도 공유한 듯 키득키득 웃었다.

그때부터 나와 울이는 점점 친해졌다. 친해지고 보니 나와 울이는 통하는 면도 많았다. 둘 다 외동이었고, 같은 영화배우를 좋아했고, 같은 소설가를 좋아했다.

집에 놀러 왔을 때 울이는 내게 말했다.

"루다, 네 엄마 엄청 상냥하시다. 부럽다."

울이는 다른 사람 칭찬을 잘하는 애였다. 반 애들은 그런 울이의 칭찬이 진심이 아니라고, 착해 보이려고 하는 거라고 욕했다.

하지만 나는 부러운 걸 부럽다고 서슴없이 말하는 울이의 솔직함이 좋았다. 지금 생각하면 울이가 좋아져서 울이의 모든 것이 좋게 보였던 건지도 모르겠다.

울이는 여전히 다른 애들의 눈치를 봤고, 왕따는 멈추지 않았다. 두목 원숭이는 나를 눈엣가시로 여겼다. 울이에 대한 왕따가 시작되고 한 달이 지났을 때였다. 또 다른 단톡방이 만들어졌다.

'이루다 은따, 콜? 참여하면 우리 편. 아니면 알지?'

그 단톡방에 쓰여 있던 공지도 유치하기 그지없었다. 무시하고 톡방을 나왔다. 다시 초대되었다. 짜증이 나서 아예 휴대폰을 꺼 버렸다.

쉬는 시간에 나는 옆에 앉은 울이에게 말했다.

"화장실 가자."

울이는 내 눈을 피했다.

"나는…… 가기 싫어."

평소의 울이라면 당장 내 팔짱을 끼고 나가자고 했을 터였다. 울이의 태도가 좀 이상했지만 그럴 수도 있다 싶었다. 나는 혼자 화장실에 갔다. 화장실에서 교실로 돌아오니 내 옆자리가 텅 비어 있었다. 울이의 책상과 의자는 옆옆 분단의 맨 뒷자리로 옮겨져 있었고, 울이는 그곳에 앉아 다른 아이들과 웃고 떠들었다. 이 빠진 옥수수처럼 책상이 없어져 버린 옆자리를 보며, 나는 알았다.

울이가 내 편이 아니라 '우리 편'이 되기를 택했다는 것을.

"오지라퍼. 완전 뒤통수 맞았네."

두목 원숭이가 나 들으라는 듯 큰 소리로 떠들며 낄낄 웃었다.

'오지랖이었구나, 내 선택은.'

반 애들이 모두 은따에 동참한 것은 아무렇지 않았다. 나도 도미노에 휩쓸린 적이 몇 번이고 있었으니까. 상대에게 직접 주먹을 휘두르라면 망설이는 사람도, 말을 걸지 말라는 것 정도는 쉽게 받아들인다. 그러니까 슬그머니 내 옆을 피하듯 지나가는 아이들의 반응쯤은 예상할 수 있었다.

단지 울이가 내 편을 선택하지 않았다는 것에만 마음이 따끔거렸다. 따끔거리는 채로 두 달이 지났다. 엄마가 세상을 떠났고, 나는 장례식장을 지켰다. 담임 선생님이 반 애들 몇몇을 데리고 장례식장을 찾아왔다. 그중에는 울이도 있었다.

"루다야, 친구들과 슬픔을 함께 나누렴. 어머니께 인사드려도 될까."

선생님의 목소리는 무척 상냥했지만 나는 고개를 가로저었다.

"애들은 엄마한테 인사 안 했으면 좋겠어요."

선생님은 당혹스러워했다.

"왜……? 친구들이 기껏 와 줬는데."

"절 괴롭히던 애들이 무슨 친구예요. 오고 싶어서 온 것도 아닐 텐데. 저런 애들이 인사해 봤자 엄마도 안 좋아할 거예요. 선생님만 인사하고 가세요."

선생님 뒤에 서 있던 애들이 어이없다는 듯 나를 흘겨봤다. 결국 선생님만 인사를 했고, 반 애들은 썰물처럼 빠져나갔다. 울이는 마지막까지 남아 머뭇거리며 서 있었다.

"너도 가."

나는 울이가 그 자리에 남아 있는 게 견딜 수 없이 싫었다. 모든 상황이 턱턱, 삼키지도 못하게 몰려드는데 울이를 보자 또 마음이 따끔거렸다. 내게는 그 따끔거림을 견딜 약간의 체력도 정신력도 남아 있지 않았다.

"나는…… 오고 싶어서 온 거야. 나는 네 친구잖아."

"너, 진짜 그렇게 생각해?"

나는 빤히 울이를 봤다.

"너, 진짜 못됐다."

울이는 그렇게 말하고는 뒤돌아서 장례식장을 나갔다. 못됐다고, 내가? 기가 찼다. 일방적인 친절을 받아들이지 않는 것만으로 은따를 한 애들보다 못된 애가 될 수 있다니. 헛웃음이 나왔다.

그날 이후로도 모든 건 같았다. 학교에서 나는 은따였고, 울이도 내게 다가오지 않았다.

* * *

그랬는데 뻔뻔하게 내 일터에 나타나다니.

'얘가, 할아버지가 찾는 이서우일 리 없어.'

나는 재료를 모두 준비하고 한 발 뒤로 물러섰다. 울이는 머뭇거리며 테이블로 다가왔다. 나는 작은 목소리로 울이에게 말했다.

"한 시간 안에 끝내. 나 집에 가야 돼."

울이는 고개를 끄덕이고는 소시지를 꺼내 잘랐다. 울이는 칼질이 서툴렀다.

간단 부대찌개 레시피

1. 소시지와 두부, 볶은 김치를 잘라 컵라면에 넣는다.

2. 컵라면에 물을 붓고 전자레인지에 3분간 돌린다.

3. 컵라면에 치즈를 얹고 30초 기다린다.

울이는 소시지를 다 자르고는 두부를 자르기 시작했다. 팩에 넣은 채 자르려고 끙끙거리는 모습을 보고 있으니 답답했다.

'저렇게 꾸물거리면 한 시간 내내 재료만 썰다가 끝나겠어.'

나는 통금 시간을 지켜야만 했다. 결국 울이의 손에서 칼을 빼

앗아 두부를 손바닥 위에 놓고 자르기 시작했다.

"손바닥 베이면 어떻게 해."

울이는 겁에 질린 듯 내 손에 들린 칼을 바라보았다.

"안 베여. 끝까지 안 자르니까."

울이는 아무래도 집에서 요리를 해 본 적이 없는 게 확실했다. 두부도 잘라 본 적이 없다니. 나는 자른 두부를 컵라면 안에 차곡차곡 놓았다.

"서우는 두부를 잘 못 잘랐지."

나와 울이를 빤히 보던 할아버지가 불쑥 말했다. 설마 얘가 정말 할아버지가 찾는 이서우라고? 나는 울이에게 물었다.

"너, 할아버지 알아?"

"아니. 처음 봐."

울이는 고개를 가로저었다. 역시 얘는 아니다. 어쩐지 안심이 되었다.

"이젠 이걸 전자레인지에 돌리면 돼."

울이가 전자레인지 안에 컵라면을 넣었다. 울이는 노란 슬라이스 치즈를 한 장 집어 들고 비닐 껍질을 만지작거렸다. 그러면서 자꾸 나를 흘끔거렸다. 나는 울이가 무엇을 하려는지 알았다. 그래서 일부러 전자레인지의 노란빛만 봤다.

"미안해."

역시나였다. 나는 전자레인지에 시선을 둔 채 대답했다.

"사과하지 마. 받아 줄 생각 없으니까."

"왜 그렇게 못되게 굴어?"

노란 슬라이스 치즈가 울이의 손안에서 뭉개졌다.

"나도 피해자잖아. 어쩔 수 없이 그런 거잖아. 반 애들이 나보다 더 못되게 굴었잖아. 나한테만 왜 그렇게 못되게 굴어!"

순간 땡, 전자레인지가 조리를 완료했다는 신호음이 울렸다.

"피해자면 다른 사람에게 가해를 해도 된다고? 심지어 난 네 친구였는데?"

"가해라니…… 무슨 말을 그렇게 해. 내가 다른 애들처럼 네 욕을 한 것도 아니잖아. 난 그냥……."

울이는 치즈를 손에 움켜쥐고 마구 문질렀다. 뭉개진 치즈가 울이의 손바닥 안에서 또 한 번 짓눌러졌다. 치즈 찌꺼기가 바닥으로 툭툭 떨어졌다.

"……너도 내 성격 알잖아. 애들 눈치가 보여서 어쩔 수 없었어. 괴롭힘이 더 심해질 것만 같았어. 반 애들은 루다 널 싫어하지 않잖아. 나와는 다르게. 그러니까 은따도 금방 끝날 거라고 생각했어. 아주 잠깐, 진짜 잠깐 모른 척하면 된다고 생각했다고."

"난 네가 모른 척할 때마다 뺨이라도 맞는 기분이었어. 모른 척한 것뿐이라고? 그게 어떤 건지, 너 진짜 몰라?"

울이는 아랫입술을 잘근잘근 씹기만 할 뿐 안다고도 모른다고도 하지 않았다.

"어설픈 사과 하지 마. 뭐가 미안한지도 모르고, 미안하다고 생각도 안 하면서."

아랫입술을 씹던 울이의 입가가 멈췄다. 울이는 새빨개진 얼굴로 나를 바라보았다. 꽉 마주 잡은 울이의 손이 부들부들 떨렸다.

"그래. 안 해. 다신 사과 안 한다고!"

울이는 소리를 지르고는 편의점을 뛰어나갔다. 나는 전자레인지 안에서 컵라면을 꺼냈다. 고소한 냄새가 편의점 안을 채웠다. 나는 컵라면을 테이블 위에 올려놓았다. 할아버지는 부대찌개를 가만히 보다가 숟가락을 들어 한 입 떠먹었다.

"재료가 다 따로 노는 것 같네요. 부대찌개는 푹푹 끓여야 맛이 어우러지지요."

"푹푹 끓여야……."

"그래요. 좀 오래 끓이면 나중에 자연스럽게 어우러질 때가 올 거예요."

나도 숟가락을 들고 국물을 떠먹었다. 할아버지 말이 맞았다. 고작 3분 동안 데웠을 뿐인 라면 국물은, 그냥 라면이었다. 부대찌개의 깊은 국물과는 비교도 안 되는 가볍고 짜기만 한 맛. 그래도 나는 라면 면발까지 건져서 후루룩, 목구멍으로 넘겼다.

'학교에 가야지. 집을 나오자마자 학교에서까지 쫓겨나다니, 꼴 사납잖아.'

누군가 옆에 있어 주지 않아도 괜찮다. 혼자라도, 나라는 사람과 끝내주게 어우러질 사람들이 있는 장소를 찾아낼 때까지, 나는 버틸 거다. 뜨겁고 매운 고춧가루가 내 위에 팍팍 뿌려져도 참아 낼 거다.

언젠가 깊은 맛을 내는 부대찌개가 될 것을 상상하면서.

10

처음 맛보는 달콤함

지쳤다. 학교에 갔다 오는 것만으로도 이렇게 지치다니.

나는 학교에서 돌아오자마자 침대 위에 널브러졌다. 쉼터 거실에 앉아 있던 도희가 쪼르르, 나를 따라 방으로 들어왔다.

"학교 어땠어?"

근 열흘 만에 다녀온 학교는 어땠냐고?

* * *

학교 앞 대로 건너편, 버스 정류장에 이서우가 서 있었다.

"아빠한테 들었던 말이 신경 쓰여서. 교문 앞까지 같이 가 줄게."

버스에서 내리자마자 눈앞에 나타난 이서우가 나는 싫지만은 않았다. 나는 이서우와 함께 학교로 향했다. 대화를 나눌 상대가 있으니까 주변 애들의 시선을 무시할 수 있어서 좋았다. 혼자서 걸어가면 나를 향하는 게 아닌 말소리와 눈빛까지 몽땅 내게로 쏠린 듯 느껴졌을 터였다.

"아빠가 그 뒤에 가게에서 난동 피우거나 하진 않았어?"

"아니. 내가 돌아갔을 땐 이미 없었어."

"신기하네. 아빠가 그대로 물러날 리 없는데."

일부러 느릿하게 걸었다. 학교에 가기 싫었으니까. 그리고 조금이라도 더 이서우와 걷고 싶은 마음도 있었다. 그런데도 교문 앞까지는 금방이었다. 교문 앞에 서 있던 학부쌤이 이서우를 보고는 놀란 표정을 감추지 못했다. "저 남자애 뭐야.", "머리 색 좀 봐.", "고등학생 아냐? 노는 애 같아……." 노골적인 말소리들이 나와 이서우의 옆을 두드리며 지나갔다.

"저것들이 진짜."

분했다. 이서우와 말 한마디 해 본 적 없으면서, 머리 색 하나로 판단하다니. 하지만 정작 당사자인 이서우는 어깨를 으쓱해 보일 뿐이었다.

"반응 신선하다. 쟤네 우리 학교 오면 기절하겠는데? 내 머리 색은 얌전한 편인데. 너희 학교 애들은 두발 자유화 시위 같은 것도 안 하지. 조선 시대 학교 같네."

"안 해. 학부쌤이 바리캉 들고 다니면서 남자애들 머리 민다고 협박하거든."

"……조선 시대 수호자가 아빠였군. 그럴 것 같았지만."

나와 이서우가 대화를 나누는 동안에도 학부쌤의 시선은 이서우에게서 떠나지 않았다. 이 이상 버텼다가는 이서우에게 불똥이 튈 것 같았다.

"나 들어가 볼게. 잘 가."

"그래……. 아, 나 너한테 할 이야기 있는데."

이서우가 주머니 안을 뒤적일 때였다.

"저게 누구야. 이루다잖아. 작년에 도망쳤던 이루다. 죽지도 않고 또 왔네."

빈정거림이 가득 담긴 노랫소리가 내 뒤통수를 쳤다. 두목 원숭이였다. 두목 원숭이는 길 한쪽에 서서 나를 보며 히죽 웃었다. 두목 원숭이가 늘 데리고 다니는 남자애들 서너 명도 함께였다.

"……아. 그런 애구나, 쟤."

이서우는 눈치챈 것 같았다. 내가 처한 상황을. 이서우도 중학교 시절을 거쳐 왔을 테니 모를 리 없었다. 창피했다. 이서우에게 내가 왕따당하는 애라는 걸 들키는 게. 그 사실에 화가 났던 적은 있어도 창피한 적은 없었는데, 이서우 앞에서는 어쩐지 그랬다.

"나 이젠 들어갈게. 너도 빨리 학교 가."

나는 이서우에게 인사하고 교문을 지났다. 교문 너머에서 보니 이서우가 두목 원숭이에게 무언가 소곤거렸다. 이서우는 두목 원숭이의 어깨를 툭툭 치고는 유유히 뒤돌아서 버스 정류장 쪽으로 사라졌다.

* * *

"이서우가 뭐라고 한 건지 두목 원숭이가 내내 잠잠하더라. 두목 원숭이가 잠잠하니까 애들도 좀 덜 따돌리고. 몇몇 애들은 은근슬쩍 말도 걸려고 하고."

"멋있다. 백마 탄 왕자님 같잖아."

도희는 입을 헤벌린 채 두 눈을 반짝이며 말했다.

"멋있어? 난 분했는데."

"분해? 왜?"

"내가 그렇게 힘들게 버틴 게 뭐가 되나 싶어서. 우리 반 애들도 그래. 이서우가 한두 마디 하니까 바로 깨갱거리는 애가 뭐가 무섭다고 다들 은따니 왕따니 휘둘리는지 모르겠어."

"원래 그런 애들이 있잖아. 자기보다 세 보이는 사람에게는 무조건 복종하는 애들. 우리 팬도 그랬어. 남자애들 전부 석이 오빠한테 절대 충성을 맹세하는 분위기였어."

남자든 여자든, 누구든 자기보다 힘세 보이는 사람의 말은 따르게 되는 걸까. 그게 자기와 맞지 않는 일이라도? 그렇다면 진짜로 사람이 원숭이와 다른 게 뭘까 싶었다.

"머리 아파. 됐어. 더 생각 안 할래. 이제 아르바이트 갈 준비나 해야지."

나는 침대에서 일어나 교복을 벗고 옷을 갈아입었다. 학교에 다시 가기로 하면서 아르바이트 시간을 오후 5시부터 저녁 8시까지로 조정했다.

"부럽다."

침대에 드러누워 있던 도희가 불쑥 말했다.

"나도 알바라도 하고 싶어. 안에만 있으니까 답답해."

"걔들하고 마주칠까 봐 못 나가는 거야?"

"응. 예전에는 현진 언니가 영화 보러 데려가 주고 그랬는데. 아……. 언니 보고 싶어."

도희는 베개에 푹, 얼굴을 파묻었다.

"그럼 다음에 나 알바하는 데라도 갈래?"

"진짜? 그래도 돼?"

도희가 벌떡 몸을 일으켰다.

"응. 할아버지한테 말해 볼게."

나는 쉼터를 나섰다. 계단을 내려가는데 메시지가 왔다.

> 같이 짜파구리 한 사발, 콜?

이서우였다. 첫 번째 이서우. 내 입꼬리가 슬쩍 올라갔다.

"멘트 촌스러워."

나는 꾹꾹, 휴대폰 자판을 눌렀다.

> 편의점으로 올 수 있으면.

> 콜!

편의점에 도착하니 이미 이서우가 컵짜장과 컵라면에 물을 받아 놓고 있었다. 나와 이서우는 테이블에 나란히 앉아 짜장면과 라면을 나누어 섞었다. 편의점 창에 햇볕이 내리쬐었다. 햇살과, 햇살에 반짝이는 머리카락과, 맛있는 짜파구리. 제법 괜찮은 금요일 오후였다.

"이거 주려고 만나자고 한 거야. 아침에 못 줘서."

이서우가 내게 티켓을 내밀었다.

"나 일요일에 헤어쇼 나가거든. 보러 오라고. 두 장이니까 친구랑 같이 와도 돼."

이서우는 짜파구리 한 그릇을 싹싹 긁어 먹고는 편의점을 나갔다. 나는 티켓을 포스기 옆에 두고 일을 시작했다.

한 시간쯤 지났을 때였다. 반갑지 않은 손님이 왔다. 학부쌤이었다.

'또 무슨 시비를 걸려고.'

학부쌤은 계산대 앞으로 다가와 내게 물었다.

"주인 할아버지 계시냐?"

"화장실 가셨어요. 곧 오실 거예요."

"그래……."

학부쌤은 이전에 왔을 때와는 약간 분위기가 달랐다. 성난 황소에서 얌전한 황소가 된 느낌이랄까. 학부쌤은 편의점 안을 어슬렁거리면서 자꾸만 포스기 쪽을 힐끔거렸다.

"그거, 서우가 나가는 대회 티켓이냐?"

"맞아요. 왜요? 가서 또 들들 볶으시려고요?"

"말버릇하고는."

역시 오늘의 학부쌤은 이상했다. 이쯤 되면 버럭버럭 고함을 질러야 할 텐데 고작 저런 반응이라니. 대체 무슨 바람이 분 걸까 싶었다. 할아버지가 편의점 안으로 들어왔다.

"선생님! 전에는 못 알아뵈어서 죄송했습니다!"

할아버지를 보자마자 학부쌤은 꾸벅 고개를 숙였다.

"저, 20년 전 신임 교사였던 이남철입니다."

"이남철."

할아버지가 고개를 갸웃했다. 이름만 듣고는 기억하지 못하는 모양이었다.

"왜 수련회 때요. 제가 규정만 따르다가 애 맹장 터진 걸 병원에 늦게 보내서 문제가 되었던 적이 있지 않습니까. 그때 선생님이 절 변호해 주셨잖아요."

학부쌤은 지갑에서 사진을 꺼내 할아버지에게 보여 주었다.

"여기 이게 저, 이게 선생님. 선생님이 2년 뒤에 옆 학교로 옮기시기 직전에 찍은 겁니다. 기억 안 나세요?"

할아버지는 사진을 한참이나 들여다보더니 고개를 끄덕였다.

"그래. 그랬군. 기억났어, 이 사진."

할아버지의 입가에 미소가 번졌다.

'할아버지가 학교 선생님이었다니. 게다가 학부쌤과 아는 사이였다니.'

편견의 샌드위치인 줄 알았더니 놀라움의 샌드위치였다. 나는 학부쌤이 맥주 한 캔을 챙겨 들고 테이블에 자리 잡는 것을 지켜봤다. 할아버지도 학부쌤 옆에 앉았다. 잘 지냈나, 하는 말로 대화가 시작되었다. 학부쌤이 벌컥벌컥 맥주를 마시는 모양새가 아무래도 대화가 길어질 것 같은 낌새였다.

나는 진열대에서 삼각김밥 두 개를 집어 들고 안쪽 부엌으로 향했다. 삼각김밥의 김을 벗겨 내고 프라이팬을 달궜다. 이서우가 만들었던 구운 삼각김밥 완성. 나는 삼각김밥을 접시에 담아 할아버지와 학부쌤이 앉은 테이블에 놓았다.

"드세요, 술안주."

"이건……."

학부쌤이 접시를 빤히 바라보았다.

"왜요. 또 버리시게요?"

내 말에 학부쌤은 잠자코 삼각김밥 하나를 집어 들었다. 학부쌤의 눈가가 붉었다. 코를 푼 듯한 휴지 뭉치도 몇 개나 나뒹굴었다.

'설마 운 거야?'

학부쌤이 우는 모습은 도저히 상상이 안 되었다. 나는 무엇도 보지 못한 척 계산대로 돌아왔다. 하지만 귀는 쫑긋하니 할아버지와 학부쌤 쪽을 향해 쫑긋세웠다. 원래 인간은 호기심의 동물이다.

"자네는 늘 규칙에 충실했지. 그건 참 대단한 거야."

할아버지가 꼭 어린아이 달래듯이 학부쌤의 등을 토닥였다.

"……선생님이 그러셨죠. 사람마다 필요한 규칙은 다 다를 수 있다고. 자기 규칙만 규칙이라고 믿는 건 아집이 될 수 있다고. 전 그걸 왜 잊고 있었을까요."

학부쌤은 삼각김밥을 꽉 움켜쥐고는 한입에 밀어 넣었다. 꿀꺽. 학부쌤의 목울대가 크게 울렸다.

"제가 학생이었을 때, 교칙에도 없는 걸 트집 잡아서 때리는 교사들이 싫었습니다. 그런 교사는 되지 말자고 마음먹었죠. 다른 건 몰라도 규칙에 충실한 선생님이 되자고요. 그런데 참 교칙이라는 게 그렇더라고요. 귀에 걸면 귀걸이, 코에 걸면 코걸이…….”

나는 학부쌤이 초보 선생님이었을 때를 쉽게 상상할 수 없었다. 학부쌤은 처음부터 학부쌤이었을 것만 같았다. 굵은 회초리를 들고 다니고, 학생들이 조금이라도 뛰면 고함을 지르고, 팔짱을 낀 채 설교를 하는 사람. 테이블에 앉아 고민을 털어놓는 학부쌤이, 학교에서와는 전혀 다른 사람처럼 보였다.

“선생님의 충고가 귓가에 남아 있을 때에는 조심했습니다. 되도록 학생들에게 유리하게 교칙을 해석하자 했어요. 그런데 그럼 또 위에서 말이 나오는 겁니다. 왜 좀 더 애들을 강하게 못 다스리느냐고. 위에서는 쪼지, 학생들은 나를 안 좋아하지……. 그러다 보니까 점점 사람 마음이 이상하게 옹이구멍이 되어 가더군요. 너희가 뭐라고 해도 난 규칙을 지킨다, 하고. 규칙을 지키는 것만이 제 전부가 되어 버린 양……. 나중에는 제가 정한 규칙에 사로잡혀 버렸지요, 집에서까지.”

학부쌤은 길게 한숨을 내쉬고 맥주를 끝까지 들이켜고는 탕, 캔을 테이블에 내려놓았다. 벌겋게 변한 얼굴이 맥주 캔처럼 구겨졌다.

“애 엄마가 이혼을 하자고 하더군요.”

이혼. 나는 흠칫 놀랐다. 이서우는 알까 싶었다.

"한 시간 전에 갑자기 그러더라고요. 아이랑 단둘이 살겠다고. 짐 싸서 나갔어요."

나와 이서우가 함께 짜파구리를 먹고 있을 때였다.

"흠, 그렇군."

"저랑 밥 먹는 걸 더 이상 견딜 수가 없다고. 전 그냥 가족은 다 같이 모여서 집밥을 먹어야 한다는 규칙……."

"집밥이 아니면 어떤가. 중요한 건 어디서 뭘 먹느냐가 아니라고 보네."

"그럼요?"

"자네도 알 텐데. 이젠 나이가 있으니."

할아버지는 남은 삼각김밥 하나를 집어 학부쌤에게 내밀었다. 학부쌤은 그걸 받아 들었다. 끄윽. 억눌린 울음소리가 학부쌤의 목 아래에서 신음처럼 새어 나왔다.

저런 아빠도 아빠라고.

이서우는 그렇게 말했었다.

'그러게. 저런 아빠도 아빠라고.'

나는 포스기에 놓인 티켓을 만지작거렸다.

* * *

일요일, 헤어 디자인 쇼가 열리는 센터는 붐볐다. 이서우는 열

두 팀이 참가한 고등부에서 은상을 탔다. 대회가 끝나고, 나는 가지고 온 꽃다발을 이서우에게 건넸다.

"왔네. 나 커트하는 거 봤어? 멋있었지?"

이서우는 푼수처럼 웃으며 꽃다발을 받았다. 나는 이서우의 눈 아래 다크서클이 검게 내려온 것을 못 본 척했다. 대회 연습이 힘들었던 걸까, 아니면……. 나는 대회장 안을 둘러보았다. 대회장 뒷문 쪽을 어슬렁거리는 학부쌤의 모습이 내 레이더에 포착되었다. 학부쌤의 손에는 내가 주었던 티켓이 꼬깃꼬깃 구겨진 채 쥐어져 있었다. 학부쌤과 눈이 마주친 것도 같았다. 하지만 학부쌤의 모습은 곧 사라졌다.

학부쌤이 대회를 보긴 본 걸까, 이번 내 오지랖은 괜찮은 선택이었던 걸까, 아리송했다.

"상금도 받았으니까 내가 한턱 쏠게."

이서우가 툭, 내 어깨를 쳤다.

나와 이서우는 경기장 밖 카페에 마주 앉았다. 이서우는 아빠와 엄마가 이혼할 것 같다고 내게 털어놓았다. 나는 이서우가 한턱낸다며 산 팥빙수의 얼음을 숟가락으로 부쉈다. 바삭바삭 얼음 부서지는 소리가 이서우의 목소리에 섞여 들어갔다.

"아무렇지 않을 줄 알았는데 막상 부모님이 이혼한다니까 마음이 복잡해."

이서우도 숟가락을 들더니 나를 따라 얼음을 부수기 시작했다. 바삭바삭. 부서진 얼음은 부드럽게 연유와 팥 사이로 녹아들어 갔다.

"엄마는 아예 아빠 전화도 안 받아. 헤어지더라도 두 분이 충분히 대화를 했으면 하는데."

하지 못한 것에는 미련이 남는다. 결국 엄마와 아빠, 나, 셋이 함께 슈크림빵을 먹지 못했던 것이 내내 후회되듯이. 가족끼리의 '슈크림 타임'을 가졌어도 변하는 건 없었을지도 모른다. 엄마의 병원 예약 시간은 정해져 있었다. 버스가 좀 더 빨리 달려 병원에서 극적으로 엄마의 병을 찾아냈으면 모를까, 슈크림은 엄마의 죽음에 아무런 영향을 미치지 못했을 가능성이 높다.

그래도 '무언가를 하지 못한 미련'은 내내 남는다. 마음 한쪽에 가시처럼 걸린다. 나는 이서우가 그런 가시를 지니게 되는 게 싫었다.

'학부쌤과 이서우의 엄마가 대화를 나눌 수 있는 장소.'

아름 편의점이 떠올랐다. 마음을 느슨하게 만들어 주는 곳. 그곳이라면······. 나는 팥빙수 옆에 놓인 이서우의 상장을 보며 커다란 얼음 덩어리를 마저 부수었다. 이젠 숟가락 끝에 걸리는 것은 아무것도 없었다.

"이번 달 마지막 토요일에 편의점에서 네 축하 파티 하자."

"편의점에서?"

"응. 너, 그때 음료 안 만들었잖아. 나, 그거 궁금해."

"그래. 하자. 아예 편의점 레시피로만 파티 음식 쫙 만드는 건 어때?"

이서우는 나보다 한술 더 떴다. 괜찮은 아이디어였다. 나와 이서우는 신이 나서 파티 계획을 세웠다. 팥빙수가 녹는 것도 아랑곳하지 않고 말이다.

"초대장을 보낼 사람. 일단 이서우의 부모님. 물론 이 부모님에는 학부쌤도 포함."

들떠 있던 이서우의 표정이 눈에 띄게 굳었다.

"우리 아빠와 엄마를 부르자고?"

"아들이 상 탄 건데 부모님은 오셔야지."

나는 능청스럽게 대답했다.

"엄마는 그렇다 쳐도 아빠가 올 리가……. 멀쩡한 집 놔두고 왜 밖에서 그런 음식으로 축하를 하냐고 길길이 뛰실걸."

"만약에 오면?"

"그럼……. 아빠와 엄마가 만나겠지. 아, 그렇구나!"

이서우의 굳었던 표정이 한순간 환하게 펴졌다. 역시 이서우는 웃는 쪽이 귀엽다. 드디어 내 의도를 알아차린 이서우를 보며 나는 팥빙수를 한 입 떠먹었다. 이미 셰이크에 가깝게 녹아내린 팥빙수

는 부드럽고 달았다. 나 단거 안 좋아하는데, 중얼거리면서도 숟가
락질을 멈출 수 없었다.

'나 사실은 단거 좋아했던 거 아냐?'

이루다는 과연 단것을 좋아하는가, 싫어하는가. 진지한 고찰
에 들어가려는 찰나, 이서우의 숟가락도 팥빙수 안으로 들어왔다.
나와 이서우의 숟가락이 쨍, 맑은 소리를 내며 그릇 안에서 부딪
쳤다.

"너, 역시 좀 멋있어."

이서우는 일부러 한 번 더 내 숟가락에 자신의 숟가락을 부딪쳐
왔다. 쨍쨍, 울리는 소리가 싫지 않았다.

"그래서, 반했어?"

"무슨 소리야. 반한 건 처음부터 그랬는데?"

순간 숟가락을 그릇 안으로 떨어뜨릴 뻔했다.

'혹시 이게, 썸?'

열여섯 해를 살면서, 처음으로 경험해 보는 달콤함이었다.

쌀국수 컵달걀찜

목요일 저녁에 편지가 왔다. 나에게 한 통, 도희에게 한 통. 나와 도희는 둘 다 일그러진 표정으로 편지 봉투를 들여다보다 각자 편지를 들고 침대로 기어들어 갔다.

아빠에게서 온 편지였다.

'이제 와서 웬 편지? 안 읽어.'

나는 편지를 침대 안쪽에 둔 택배 상자 안에 쑤셔 넣었다. 침대 아래쪽에서 끙, 앓는 소리가 났다. 사다리 위로 도희의 얼굴이 쑥 올라왔다.

"나 어떻게 해?"

도희가 내 침대로 올라와 앉았다.

"엄마한테서 편지가 왔어. 어릴 적에 집 나갔던 엄마."

도희는 손안에 편지를 꽉 움켜쥐고 있었다. 반은 웃고, 반은 우는 듯한 표정이었다.

"잘된 거 아냐?"

"나, 엄마를 마지막으로 본 게 한 살 때야. 엄마 얼굴 기억도 안 나. 엄마도 그렇겠지……. 엄마가 날 찾긴 했는데, 정작 만나서 실망하면? 그럼 나 또 버림받는 거 아니야? 어쩌지. 만날 생각이 있으면 연락하라는데, 나 도저히 이 번호로 전화를 못 걸 것 같아."

편지를 잡은 도희의 손이 부들부들 떨렸다. 벙거지와 스냅백이 찾아왔을 때보다 더 두려워하는 듯 보였다. 나는 그런 도희의 손을 잡아 주는 것 말고는 해 줄 수 있는 게 없었다.

'나라면 어떻게 했을까.'

나를 버리고 떠났던 엄마가 나를 찾아온다면……. 침대에 누워 뒤척이다가 퍼뜩, 나와 도희의 고민이 결국 같다는 것을 깨달았다.

'나도 버림받은 거나 마찬가지잖아.'

새벽 늦게까지 침대 아래에서 이불 부스럭거리는 소리가 이어졌다. 도희는 쉽게 잠들지 못하는 것 같았다. 나도 마찬가지였다.

결국 나는 택배 상자를 이불로 덮어 버렸다.

* * *

토요일 오후 1시. 세 번째 이서우가 오는 날이다.

"진짜 나도 같이 가도 되는 거야?"

도희는 신이 나서 외출 준비를 했다. 도희와의 약속을 지키기에 오늘이 딱 좋겠다 싶었다. 음식을 만드는 동안은 임시 휴업이니까 장사에 폐도 안 끼치고, 지켜보는 것만으로도 재미있을 테니 그야말로 일석이조였다.

나와 도희는 함께 쉼터를 나서며 먼저 입구 주변을 둘러보았다. 벙거지도, 스냅백도 없었다. 첩보 영화라도 찍는 양 후다닥 골목 앞을 지나 대로변까지 달렸다.

한 여자가 편의점 안을 들여다보고 있었다.

"저, 오늘…… 레시피요. 약속하고 왔는데……."

세 번째 이서우였다. 나이는 서른여섯 살이고 자기를 '서우 아줌마'라고 불러 달라고 했다.

"안으로 들어가세요. 할아버지! 임시 휴업 팻말 좀 주세요."

나는 재빨리 테이블을 이어 붙이고 요리 준비를 했다. 그사이 도희는 서우 아줌마 손을 잡아끌며 편의점 안으로 들어왔다. 도희는 할아버지에게도 10년쯤 알고 지낸 사이처럼 인사를 건넸다. 도희를 데려온 건 정말 잘한 일이었다. 서우 아줌마도 할아버지도, 둘 다 입을 다물고 앉아만 있었으니까. 도희의 수다가 아니었으면 어색함 수치가 가뿐히 100을 넘겼을 거다.

"이거 만드시는 거예요?"

쌀국수 컵달걀찜

1. 컵쌀국수를 익힌다. 물을 붓기 전 면은 가능한 한 잘게 잘라 놓는다.
2. 달걀 두 개를 넣은 종이컵에 컵쌀국수 2/3 정도를 붓고 젓는다. 간은 국물의 양으로 조절한다. 어린아이가 먹을 거라면 경우 국물을 1/3 정도만 붓는 것이 좋다.
3. 종이컵을 전자레인지에 4분간 돌린다.
4. 쌀국수면이 콕콕 박혀 있는 쌀국수 컵달걀찜 완성.

"신기하다. 진짜 이렇게 만들면 달걀찜이 돼요?"

서우 아줌마는 고개를 끄덕였다.

"우리 애가…… 입이 많이 짧아요. 밖에서 파는 건 잘 안 먹는데 이렇게 만들어 주면 먹거든요. 컵라면이 달걀찜 되는 게 재미있다고. 아기 아빠는 컵라면 자주 먹이면 건강에 안 좋으니까 하지 말라고 했지만……. 가끔 해 줬어요."

"아기가 몇 살인데요?"

도희가 묻자 서우 아줌마는 대답 없이 고개를 들어 편의점 천장을 바라보았다. 한참이나 침묵이 이어졌다. 그사이 재료 준비가 다 되었다. 서우 아줌마는 비척비척 일어나 테이블 앞에 섰다. 툭, 달걀 깨는 소리가 편의점 안에 울렸다. 툭, 툭. 두 번째 달걀은 잘 깨지지 않았다. 달걀을 쥔 서우 아줌마의 손에는 힘이 하나도 없었다.

"서우 아줌마, 어디 아픈가 봐."

도희가 내 귓가에 속삭였다. 서우 아줌마는 누가 봐도 아픈 사람처럼 보였다. 비쩍 마른 몸에 핏기 없는 얼굴. 달걀을 쥔 손등에 혈관이 도드라져 보였다. 무엇보다 눈의 초점이 흐렸다. 꼭 길 건너 어른거리는 그림자를 보는 듯 멍했다.

"아이가…… 살아 있으면 지금 여섯 살……."

툭. 깨진 달걀이 미끄덩하게 편의점 바닥으로 흘러 내려갔다. 나와 도희는 서로를 바라보았다. 살아 있으면……. 그 말은 아마도……. 서우 아줌마는 깨진 달걀 껍데기를 손에 쥔 채 또다시 멍하니 서 있었다. 할아버지가 자리에서 일어났다.

"아가가 몇 살이었어요?"

할아버지는 서우 아줌마 옆에 서더니 담담하게 물었다.

"다섯 살이요. 1년 전에 사고로……. 생각도 못 했어요. 어린이집 차가 전복될 거라고는. 집에서 고작 차로 10분 거리인걸요. 10분이요."

서우 아줌마는 더듬더듬 말을 이어 나갔다. 할아버지는 고개를 끄덕이며 서우 아줌마에게 휴지를 건네주었다. 서우 아줌마는 그제야 자신의 손이 달걀 범벅이라는 걸 깨달은 것 같았다. 서우 아줌마는 손을 닦았다. 손가락 하나하나를 뽀득뽀득 닦으며 이야기를 이어 갔다.

"아이가 세상을 떠나고 6개월 넘게 밖을 안 나갔어요. 못 나가겠더라고요. 어떻게 나가요. 집 밖에도 아이 흔적이 너무 많아요. 밖에서 미친 사람처럼 울게 될까 봐 무서워서 못 나갔어요. 밤이 되면 더 무서워요. 다가오는 사람이 전부 다 내 아이인 것만 같아서. 얼굴이 잘 안 보이니까……. 내 아이가 아닌 걸 알고 나면 또 그게 슬프고……."

서우 아줌마는 새 달걀을 집어 들었다. 톡. 이번에는 무사히 깨졌다. 깨진 달걀을 그릇 안에 넣고 휙휙 저었다. 컵라면의 뚜껑을 뜯었다. 가위로 컵라면 속 쌀국수를 잘게 자르는 서우 아줌마의 손이 부들부들 떨렸다.

"물, 제가 받을게요."

나는 서우 아줌마에게서 컵라면을 받아 들었다. 서우 아줌마가 뜨거운 물을 받았다가는 손을 델 것만 같았다. 컵라면을 받아 들다 스친 서우 아줌마의 손끝은 차가웠다. 나는 컵라면에 물을 받아 서우 아줌마에게 건네주었다. 아줌마가 컵라면을 쥐고 있는 순간이라도 따뜻해지면 좋겠다고 바랐다.

"낮에 산책을 하기 시작했어요. 남편이 집 안에만 있으면 더 우울해지니까 뭐라도 하라고 해서. 시장 입구에 나무가 있잖아요.

그거에 이끌려서 시장 안으로 들어왔어요. 사람이 없으니 산책하기가 편했어요. 그래서 돌아다니다가 여기를 봤는데…….”

컵라면이 익어 가는 동안, 멍하던 서우 아줌마의 얼굴에 조금씩 생생한 감정이 드러나기 시작했다. 할아버지는 무엇도 하지 않았다. 단지 아줌마의 이야기에 맞장구를 치고, 고개를 끄덕여 주고, 서우 아줌마의 이야기를 주의 깊게 들어 주었다.

“너무 슬픈 건 아무도 제 아이에 대한 이야기를 안 한다는 거예요. 내 아이가 이 세상에 온 적 없던 듯 굴어요. 남편도, 엄마도, 친구들도요. 저를 배려하느라 그런 거 알아요. 하지만…….”

서우 아줌마의 말에 나도 빨려 들어갔다. 나는 아줌마가 어떤 심정이었을지 안다. 엄마가 세상을 떠나고, 나도 그랬다. 누구와도 엄마에 대한 이야기를 한 적이 없었다. 아빠는 엄마의 모든 것을 치워 버렸다. 주변 사람들도 엄마의 이야기만 나오면 입을 닫고 나를 가엾은 아이 보는 듯한 눈빛으로 볼 뿐이었다. 엄마 이야기는 ‘하면 안 되는 것’인 양 내 마음속에 꼭꼭 잠가 놓아야만 했다.

사실은 누구와도 좋으니 엄마에 대한 이야기를 하고 싶었는데. 엄마에 대한 기억이 잊히기 전에 엄마가 어떻게 웃는 사람이었는지, 밤에 잠을 잘 때면 얼마나 예쁜 목소리로 인사해 주었는지, 파마 연습이 어렵다고 하면서도 얼마나 열심히 자격증 공부를 했는지……. 그 모든 걸 말하고 싶었다. 누군가와 기억을 나누지 않으면 더 빨리 엄마를 잊어버릴까 봐 겁이 났었다.

그렇지만 아무도 내 이야기를 들어 주지 않았다. 서우 아줌마의 주변 사람들이 아줌마를 배려했듯이 모두가 나를 배려했다. 정작 내가 어떤 배려를 받고 싶은지 물어본 사람은 아무도 없었다.

"이 편의점이 눈앞에 나타났는데, 이름이 아름이라서…… 그래서 매일 여기로 산책을 왔어요. 아름이었거든요, 우리 아기 이름."

서우 아줌마의 눈물이 툭, 달걀물 안으로 떨어졌다. 서우 아줌마는 눈가를 훔치며 컵라면을 열었다. 달걀물이 담긴 종이컵에 쌀국수를 붓고 전자레인지에 넣었다.

"나는 매일 여기 있어요."

할아버지의 목소리가 부드럽게 서우 아줌마를 감쌌다.

"언제든 이야기하러 오세요, 이곳에. 항상 편의점의 불을 켜 놓을게요."

서우 아줌마는 울었다. 전자레인지 앞에 주저앉아 어린아이라도 된 듯이 큰 소리로 엉엉 울었다. 고소한 달걀 냄새가 편의점 안에 퍼질 때까지.

* * *

달걀찜은 말랑말랑하고 폭신했다.

"아줌마, 근데요, 1년 동안 안 만들어도 레시피가 기억나요?"

도희는 달걀찜을 한 숟가락 가득 퍼 올렸다.

"그럼요. 애가 좋아하던 건데. 평생 안 잊어버리죠."

대답하는 서우 아줌마는 눈이 퉁퉁 부어올라 있었다. 그럼에도 조금 전 멍한 눈으로 어딘지 모를 곳을 보던 것보다는 훨씬 보기 좋았다.

"……우리 엄마도 내가 좋아하던 음식, 기억할까?"

도희는 혼잣말처럼 중얼거리고는 달걀찜을 먹기 시작했다. 나도 먹었다. 부드러운 달걀찜은 금세 목 아래로 미끄러져 내려갔다. 나는 내 몫의 달걀찜을 다 비우고 숨을 몰아쉬었다.

"엄마는……."

입술을 뗐다. 입술이 가늘게 떨렸다. 그래도 말했다.

"우리 엄마는, 슈크림을 좋아했어요."

누군가 있다

나는 도희와 함께 쉼터로 돌아왔다. 길고 긴 이야기가 계속되었던 탓에 날은 이미 어둑해져 있었다. 편의점에서 이어진 대화의 끝에 도희는 말했다.

편지에 있던 전화번호로 연락을 해 보겠노라고.

자기 혼자 생각해도 될 것을 모두의 앞에서 말한 건 도희 나름의 결심이 아니었을까. 마음에 담아 뒀던 것을 소리 내어 말하는 것은 퍼즐 조각 맞추기 같았다. 여기저기 흩어져 있던 감정과 생각을 이리저리 맞춰 가는 과정. 완성하지 않아도 누구도 무어라 하지 않는, 온전한 나만의 퍼즐 맞추기였다.

"루다야, 뒤에······."

도희의 콧노래가 멈췄다. 도희는 내 팔을 꽉 붙잡았다. 나도 고개를 끄덕였다. 나와 도희의 발걸음은 누가 먼저라고 할 것도 없이 조금씩 더 빨라졌다. 누군가 우리 뒤를 쫓아오고 있었다. 우리가 걸음을 빨리하자 뒤따라오는 발소리도 빨라졌다.

'됐다. 이 골목만 지나면 쉼터니까……'

쉼터가 눈에 보이자 마음이 놓였다. 하지만 그 순간, 뒤에서 뻗어 나온 손이 도희의 어깨를 잡았다.

"나 좀 봐, 도희야."

뒤돌아봤다. 벙거지 모자와 스냅백을 푹 눌러쓴 2인조.

도희의 예전 가출 팸이었다던 남자 둘이 우리 뒤에 버티고 서 있었다.

"잘 지냈냐?"

내 팔을 붙잡은 도희의 손이 부들부들 떨렸다. 나는 도희의 손을 꽉 붙잡았다. 골목만 빠져나가면 쉼터까지는 금세 뛰어 들어갈 수 있을 터였다.

'건드리기만 해 봐. 물어뜯기라도 할 테다. 가만히 당하고만 있을 것 같아?'

나는 눈을 부릅뜨고 남자애들을 노려봤다.

"도희야."

벙거지가 도희를 향해 한 걸음 가까이 다가왔다.

"꺄아아악! 사람 살려!"

"미안했어!"

벙거지가 고개를 숙인 것과, 도희가 고개를 숙인 것은 거의 동시였다.

"……뭐?"

"야……. 아무리 그래도 너무하다. 사람 살려라니……."

벙거지의 뒤에 서 있던 스냅백이 주머니에서 담배를 꺼내 물었다.

"너희가 나한테 한 거 생각해 봐!"

도희가 소리치자 벙거지가 스냅백을 돌아봤다.

"야, 꺼라."

벙거지의 한마디에 스냅백은 담배를 입에서 뗐다. 아무리 봐도 친구 사이로는 보이지 않는 모습이었다.

"우리가 도희 널 괴롭혔던 건 맞지. 그런데 이번엔 아니야. 사과하려고 기다렸어."

벙거지는 한껏 폼을 잡고, 목소리를 착 깔았다. 스냅백이 불퉁하게 끼어들었다.

"석이 형 교도소 갔어. 형이 나오기 전에 서울 뜨려고. 형이 나와도 우리를 못 찾게."

"도희 너에게도 알려 줘야 할 것 같았어. 석이 형 소식."

도희는 벙거지와 스냅백을 번갈아 바라보았다. 이야기를 듣는 내내 도희의 입은 벌어진 채였다. 거리 한복판에서 나체로 춤을 추는 사람이라도 발견한 그런 표정이었다.

"그걸 알려 주려고 날 쫓아다녔다고?"

도희가 묻자 벙거지는 한층 더 목소리를 내리깔았다.

"약속도 하려고."

억지로 내는 게 분명한 벙거지의 굵은 목소리가 듣기 괴로웠다.

'얘는 저게 멋있다고 생각해서 저러는 거야?'

누가 벙거지에게 좀 알려 줬으면 좋겠다. 똥폼 잡는 게 얼마나 꼴불견인지. 나는 잠자코 도희 앞에서 치명적인 남자 흉내를 내는 벙거지를 바라보았다.

"석이 형이 나중에 나를 찾아와도 도희 널 어디서 마지막으로 만났다거나 하는 건 절대 말 안 할게."

"왜 그걸 나한테 말해 주려고 하는 건데."

도희의 목소리가 점차 차분해졌다. 벙거지를 보는 도희의 눈빛은 더없이 싸늘했는데, 벙거지는 그 역시 눈치채지 못한 것 같았다. 아니, 눈치챌 생각도 없어 보였다.

"안 그러면 네가 계속 불안해할 것 같았으니까."

벙거지에게 중요한 건 '폼 나는 남자'를 연기하는 것이지, 도희의 감정을 살피는 게 아니었다. 옆에서 보고만 있어도 충분히 알 수 있었다.

"나도 알아. 석이 오빠 교도소 간 거. 복지사 아저씨가 알려 줬어."

"엉? 안다고?"

도희는 길게 한숨을 쉬었다.

"……날 불안하게 만든 건 너희였어. 너희가 날 따라다니는 거 자체가 무섭다고."

벙거지는 꿀 먹은 벙어리가 되었다. 스냅백이 한 발 앞으로 나와 도희를 노려보았다.

"싸가지 없게. 야, 그래도 널 위해 한 일이었다고. 그걸 고맙다고는 못할망정."

"고마워? 너희가 나 때렸던 건 기억도 못 하니? 너희가 내 이름 고래고래 부르면서 난리 피우는 통에 첫 쉼터에서도 쫓겨나다시피 했던 건?"

"그건, 석이 형이 시켜서……."

"그래도 한 건 너희잖아. 나는 석이 오빠가 시켜도 너희 안 때렸어. 차라리 내가 맞았지."

"그건……."

스냅백도 꿀 먹은 벙어리가 되었다. 말이 없어진 두 사람을 앞에 두고 도희는 고개를 떨구었다. 도희는 무척 지쳐 보였다. 편의점에서 나올 때까지만 해도 활기가 넘쳤었는데 말이다. 사람을 기운 나게 만드는 대화와 지치게 만드는 대화. 그 차이는 대체 무엇일까 싶었다.

"그냥…… 쉼터에 편지 맡기고 조용히 떠났으면 좋았을 텐데."

도희의 말에 벙거지와 스냅백은 서로를 마주 보다가 고개를 푹 떨구었다.

"그런 생각은 못 했어."

"갈게. 잘 살아라."

스냅백은 그대로 뒤돌아섰다. 벙거지는 스냅백이 골목 끝으로 사라질 때까지 도희 앞에서 머뭇거렸다. 벙거지는 도희를 향해 오른손을 내밀었다. 도희는 그 손을 마지못한 듯 잡고 가볍게 흔들었다.

"잘 살아, 너네도."

벙거지는 도희와의 악수가 끝나고 나서야 스냅백의 뒤를 따라 골목 끝으로 달려갔다. 도희는 벙거지와 마주잡았던 손을 옷자락에 연거푸 문질러 닦았다.

"손 잡아 주기 싫었으면 안 잡아도 됐을 텐데."

"그러다 쟤네 빡치면 또 뭐 할지 모르니까."

도희는 고개를 절레절레 흔들었다.

"걔네 참 비겁하더라. 그 석이 오빠란 사람이 없어지니까 이제야 멋있는 척, 의리 있는 척 하려는 거잖아."

"맞아. 자기들 머릿속에서는 영화 속 한 장면 같았을걸. 예전 동료를 찾아온 의리 있는 남자들, 뭐 그런 거."

"바보 같다."

"엄청."

나와 도희는 골목을 나왔다. 골목 끝에서 도희가 중얼거렸다.

"그래도 나는 걔들이 행복해지면 좋겠어."

도희는 참 착했다. 난 착한 네가 행복해지면 좋겠어. 낯간지러워서 그렇게 말은 못 하고, 나는 그저 도희의 손을 꽉 잡았다.

쉼터 입구에 다다랐을 때였다.

"야, 저기…… . 저 남자 뭐지?"

도희가 내 옆구리를 쿡 찔렀다. 키 큰 남자가 쉼터 너머를 기웃거렸다. 모자를 푹 눌러쓴 모습이 한눈에 보기에도 수상했다.

"저기요!"

내가 부르자 남자는 후다닥 달아났다. 나는 '이서우'란 이름을 응모함에서 발견했던 날을 떠올렸다. 그때도 누군가 쉼터 근처를 어슬렁거렸다.

'아까 걔들인 줄만 알았는데. 지금 생각하면…… 키가 더 컸어. 방금 도망친 남자처럼.'

쉼터에 처음 들어온 날 정쌤이 그랬었다. 작년에 이 동네에 속옷 도둑이 나타났었다고. 속옷 도둑 때문에 숙소를 2층으로 옮겼다고.

'설마⋯⋯. 속옷 도둑?'

손바닥에 축축하게 땀이 배어 나왔다.

밤 편지에
담겨 온 것

수요일 오후, 도희는 쉼터를 떠났다. 벙거지와 스냅백이 나중에라도 석이 오빠에게 도희가 있는 곳을 말할 수 있다는 불안함에 더이상 이곳에 있을 수 없다고 했다. 이전에도 비슷한 일이 너무 많아서 두 사람의 약속을 믿을 수 없다며 도희는 한숨을 쉬었다.

"다른 쉼터로 갔다가 엄마를 만나 보려고 해."

도희의 짐은 가방 하나가 전부였다. 나는 쉼터 앞에서 도희를 배웅했다.

"토요일에 파티 할 거야, 편의점에서. 놀러 와."

내 말에 도희는 고개를 끄덕였다.

"갈게. 꼭 갈게."

도희는 눈물이 그렁그렁한 눈으로 나를 봤다.

"현진 언니랑 너랑 같이 있는 거 너무 좋았어."

도희는 나를 꽉 끌어안았다. 나도 도희를 마주 끌어안았다. 한참을 끌어안고 있다가 도희는 떠났다.

방에는 나 혼자 남았다. 혼자 남아 감성적이 된 탓이었다. 침대 구석에 밀어 넣어 둔 택배 상자에 자꾸만 눈길이 간 것은. 나는 상자를 툭툭 건드리다가 결국 안에서 아빠의 편지를 꺼내고야 말았다.

봉투 안에는 사진 한 장과 편지가 들어 있었다.

루다에게

루다야, 아빠는 지금 별을 보다가 네게 편지를 쓰기로 마음먹었어. 아빠는 글을 잘 못 쓰고, 그래서 편지도 많이 안 써 봤어. 그래도 네게 꼭 써야만 한다는 생각이 들었어.

지금 이곳엔 별이 아주 많아. 은하수의 한 자락을 잘라 내서 하늘을 덮으면 이렇겠구나 싶을 정도로. 우리나라에도 이런 곳이 있었다니, 왜 진작 찾아볼 생각도 안 했던 걸까 싶어. 엄마가 별이 아주 많은 곳에 가 보고 싶다고 했었거든. 그런 곳은 외국에만 있는 줄 알아서 나중에 가자고만 했어. 이렇게나 가까운 곳에 있는지도 모르고.

아빠는 지금 지방 물류 창고의 팀장으로 와 있어. 처음 제안을 받은 건 엄마가 살아 있을 때였어. 월급이 오르면 엄마가 일을 그만둘 수 있을 테니까 1, 2년쯤 가족과 떨어져 지내는 걸 각오하고 하겠다 할까 고민하던 중이었어. 하지만 엄마가 그렇게 되고 너와 지내야 하니 확실히 거절을 했었지.

루다야, 아빠가 너에게 한 말은 진심이 아니야. 네가 쉼터에 있기를 허락한 것도 결코 네가 집을 나가기를 바라서 그런 게 아니야. 아빠는 마음을 추스를 시간이 필요했어. 아빠가 라면 그릇을 던졌을 때 많이 놀랐지? 무서웠을 거야. 사실 아빠도 무서웠어. 내가 무슨 짓을 한 건가 싶어서 몸이 부들부들 떨리고 굳어서 너를 따라 나갈 수도 없었어. 아빠가 어렸을 때, 아빠 부모님 행동을 참 싫어했거든. 그런데 라면 그릇을 던지는 내 모습이…… 내가 그렇게 싫어하던 부모님이랑 똑같은 거야.

루다, 너에게는 할아버지나 할머니 이야기를 해 준 적이 없었지? 네가 어릴 적에 몇 번이고 물어본 적도 있었지. 왜 우리 집은 명절날 아무 데도 안 가냐고.

갈 데가 없어, 그렇게밖에 말할 수가 없었어. 할아버지와 할머니는 좋은 부모님이 아니었거든. 어린애는 울고 떼쓰는 존재라는 걸 이해 못 하는 분들이었어. 어렸던 내게 어른스럽게 굴지 않는다고 때리곤 했어. 그 폭력이 싫었어. 그건 뭐랄까. 완전한 타인에게 맞는 것보다 더 수치스럽고 슬픈 일이었지.

그래서 지금 네 나이였을 때, 그러니까 열여섯 살 때 집을 나와서 아빠 혼자 힘으로 살았지. 그러다가 네 엄마를 만난 거야. 루다 널 갖고 나도 부모가 되어 두 분을 다시 찾았는데, 그땐 이미 두 분 다 이 세상을 떠나신 뒤였어. 마지막까지 제멋대로인 부모님이었지.

아빠는 부모가 되는 게 두려웠어. 계속 가족을 원했지만, 혹시 내 아내와 아이가 나 때문에 불행해지면 어쩌지, 그게 너무 두려웠어. 이런 아빠에게 잘할 수 있다는 용기를 준 게 엄마였어. 엄마도 혼자였지. 엄마가 한 살이었을 때 외할아버지와 외할머니가 사고로 세상을 떠나셨거든. 그래서인지 엄마는 누구보다 가족을 원했어. 좋은 가족을 만들기 위해 노력하는, 그런 용기가 있는 사람이었지. 용기는 옆에 있는 사람에게 옮아가는 거더라. 엄마가 옆에 있어서, 엄마의 용기를 나누어 받아 아빠는 비로소 아빠가 될 수 있었어.

엄마가 떠나고 나서 용기를 잃었던 게 사실이야. 그리고 그런 내가 싫어졌지. 엄마가 없어도 좋은 아빠가 될 수 있다는 걸 너에게 하루빨리 증명해 보이고 싶었어. 그래서 내 아내를, 네 엄마를 빨리 잊으려고 발버둥 쳤어. 하지만 안 되더라. 잊으려고 할수록 더 그리워지더라.

바닥에 흩어진 라면을 치우는 동안 머리가 복잡했어. 이대로 가면 진짜 나쁜 아빠가 될까 봐. 엄마를 억지로 지우는 게 옳은 일일까, 혼란스러웠어. 그리고 무서웠어. 루다는 나를 용서해 줄까. 내가 아버지와 어머니를 미워했던 것처럼 내 딸이 나를 진짜 싫어하게 되면 어떻게 하지…… 이런 생각 속에 결국 지방 팀장 자리를 수락해 버렸어. 한두 달 정도 루다 너와 떨어져서 감정을 정리하고…… 아니지. 변명이지. 사실 아빠는 도망간 거야. 미안해. 도망갔던 게 맞아. 그래서는 안 됐는데.

회사 기숙사에서 지내는데, 아빠 부하 직원이 여기서 10분 거리에 있는 뒷산 정상에 올라가면 별이 한가득이라고 알려 줬어. 별 이야기를 들으니까 엄마가 너무 보고 싶더

라. 그래서 갔어. 가서 한참이나 별을 보며 누워 있었지.

엄마는 별을 좋아했어. 별은 가장 멀리 있지만 밤마다 사람들 머리 위에서 위안이 되어 주는 가장 가깝기도 한 존재라고. 혹시 나보다 먼저 죽으면 별이 되고 싶다고. 아주 많은 별 중에 하나가 되어서 영원을 살 거라고. 영원히 나를 지켜봐 준다고.

연애할 때 네 엄마가 그런 말 하는 게 너무 싫었어. 왜 날 두고 먼저 죽을 상상을 하냐고. 그런 상상은 하지도 말라고. 그런데 사람 사는 게 그런 건가 보더라. 절망이기만 했던 말이 오히려 희망이 되기도 하더라. 누워서 별을 보는데 계속 그 말이 떠오르는 거야. 내가 잊을 필요가 있을까. 멀리 있어도 가까운 존재로 놓아두고 살아가면 되는 것이 아닌가. 그렇게 생각하니까…… 아빠 마음속에서 무엇 하나가 매듭 지어지는 기분이더라.

루다 너와 함께 별을 보고 싶다는 생각도 했어. 너와 떨어져 있는 내내 아빠는 네가 걱정되고 그립더라. 용기가 나든 안 나든 나는 루다의 아빠로 있어야 하는 거였어.

예전에 말이야, 아빠가 유일하게 존경하는 선생님이 있었거든. 그분이 그랬어. 버티라고. 버티면 힘들었던 과거도 좋은 날로 기억되는 때가 찾아온다고. 루다야, 아빠는 네가 왜 슈크림빵을 먹는지 알아. 알면서도 모른 척해서 미안해. 미안하다는 말을 이제야 해서, 그것도 미안해.

아빠는 이 편지를 부치고 네게 돌아갈 거야.

함께 버티자. 언젠가 아빠와 루다, 둘이 함께 웃으면서 슈크림빵을 먹을 수 있을 때까지.

아빠는 루다와 함께라면 해낼 수 있을 것 같아.

"어디에 별이 있다는 거야……."

사진은 그냥 까맸다. 아빠는 별 사진을 찍는 데에는 재능이 없었다.

'나, 아빠에 대해 많이 모르는구나.'

아빠가 이런 낯간지러운 편지를 쓸 수 있다는 것을 몰랐다. 아빠의 어린 시절을 상상해 본 적도 없었고, 아빠의 부모님이 어떤 사람인지도 몰랐다. 그저 할아버지와 할머니가 빨리 돌아가셨구나, 정도로 알고 있었을 뿐이었다.

정말로 몰랐다. 아빠도 무서워할 수 있다는 것도.

나는 사진 속 까만 밤하늘을 한참이나 들여다보았다.

* * *

"아무래도 요즘 이 근처에 변태가 돌아다니는 것 같아."

금요일 오후였다. 학교에서 돌아왔는데 정쌤의 얼굴에 근심이 가득했다.

"아까 자꾸 누가 쉼터 계단 근처에서 어슬렁거리더라고. 여자 쉼터만 노리는 범죄자들이 종종 나타나거든. 정말이지 그런 놈들은 확……."

도희와 함께 봤던 그 수상한 남자! 나는 정쌤에게 그날 일을 말했다. 그러자 정쌤의 얼굴에 그늘이 한층 짙어졌다. 나는 아르바이트 갈 준비를 하러 2층 방으로 향했다. 내 머릿속은 이번 주 토요일에 있을 빅 이벤트로 가득 차 있었다. 변태에 대한 생각이 비집고 들어갈 틈새가 없을 정도로 해야 할 일이 많았다.

'오늘 초대장 발송해야지. 서우 아줌마랑, 도희랑……. 학부쌤한테는 이서우가 준다고 했고.'

토요일에 있을 파티 이름은 '레시피 파티'로 정했다. 사람들에게 정식으로 초대장도 보내기로 했다. 직접 줄 수 없는 사람들에게는 메시지로 초대장을 찍어 보낼 생각이었다. 나와 이서우가 머리를 맞대고 상의한 끝에 제법 그럴싸한 초대장 문구도 완성되었다.

우리만의 레시피 파티를 엽니다.

· · · · · · ·

우리는 레시피로 만난 사람들입니다. 보잘것없는 편의점 레시피이지만, 우리를 이어 준 음식들입니다. 한 끼 때우는 편의점 음식이라도 사람과 사람을 이어 주는 음식이 되어 줄 수도 있다는 걸 알았죠.

그 소소한 인연이 모여 이서우의 헤어 디자인 쇼 은상 수상을 축하하려 합니다.

하루 동안 '아름 편의점'은 파티장이 됩니다. 이 초대장을 받으신 분들은 각자 편의점 음식으로 만들 수 있는 레시피를 생각해 와 주세요. 오셔서, 그 음식을 만들어 주세요. 그 음식에 담긴 이야기를 들려주세요.

꼭 오시기를 기다리겠습니다.

─────────

'프린터로 뽑은 것치고는 꽤 그럴싸하잖아?'

나는 샘플로 만들어 본 초대장을 가방에 챙겨 넣었다. 오늘 이서우에게 보여 주고, 보낼 사람 이름을 써넣을 예정이었다.

그러니까 이제는 정해야만 했다. 울이를 이 파티에 초대할 것인가, 말 것인가.

학교에서의 시간은 '소강 상태, 그럭저럭 맑음'이 유지되고 있었다. 나는 더 이상 샌드백도 그림자도 아니었다. 어영부영 함께 밥을 먹는 애들도 생겼다. 하지만 반 애들 중에 미안하다고 하는 애는 한 명도 없었다. 누구도 사과하지 않고, 아무 일 없었다는 듯 행동함으로써 내게 했던 일들을 없던 것으로 만들려 했다.

울이는 혼자 밥을 먹었고, 쉬는 시간이면 자리에 가만히 엎드려 자는 척을 했다. 다시는 오지랖을 부리지 않으리라. 나는 혼자 있는 울이를 볼 때마다 계속 다짐했다. 그런데도 눈으로 울이를 쫓는 것은 멈출 수가 없어서 짜증이 났다. 인정할 수밖에 없었다. 나는 울이를 꽤 좋아했다. 그래서 다른 애들보다 울이에게 더 화가 났던 거다. 울이를 볼 때마다 머릿속이 복잡해졌다.

울이를 파티에 초대한다.

울이를 파티에 초대하지 않는다.

꽃점이라도 치듯 한 칸씩, 계단 한 칸마다 상반된 선택을 중얼거리며 쉼터 계단을 내려왔다. 계단점의 결론은 나지 않았다. 계단 중간까지 왔을 때, 누군가 쉼터 문 앞을 기웃거리는 것을 보았다. 내 혼잣말은 딱 끊겼다. 누군가가 쉼터 문 옆으로 후다닥 몸을 숨겼다.

변태였다. 그 변태가 분명했다! 나는 버럭 소리를 질렀다.

"선생님! 여기 변태 있어요. 밤에 기웃거리던 변태!"

요란한 발소리와 함께 정쌤이 대걸레 자루를 움켜쥐고 단번에 뛰어 내려왔다. 정쌤은 문 옆에 서 있던 남자를 찾아내 그에게 대걸레를 휘둘렀다.

"아니, 잠깐만요!"

괴한이 비명을 질렀다. 괴한의 목소리를 듣는 순간, 나는 알았다. 익숙한 저 목소리는······.

"아니기는 뭐가 아니야! 여자 쉼터에 변태들 꼬이는 게 하루 이틀인 줄 알아!"

정쌤이 대걸레로 괴한을 마구 내리쳤다. 나는 건물 밖으로 나와 두들겨 맞고 있는 괴한을 봤다. 모자를 푹 눌러쓰고 있었지만 그 아래로 보이는 얼굴은 분명 눈에 익었다.

"저, 루다 아버지입니다!"

대걸레 자루가 괴한의 얼굴을 정면으로 때린 순간, 괴한은 모자를 벗으며 외쳤다.

역시였다.

문 앞을 기웃거리던 변태의 정체.

아빠였다.

* * *

"정말 죄송합니다. 여자 쉼터에 워낙 변태들이 많이 꼬여서요."

"아닙니다. 제가 미리 찾아냈어야 하는데, 그······."

"뭔가 사정이 있으셨겠지요."

아빠와 정쌤은 10분째 마주 서서 서로 미안하다는 말만을 되풀이했다. 나는 미간을 찌푸린 채로 두 사람을 보다가 내 갈 길을 가기로 마음을 정했다.

"알바 늦으니까 전 갈게요."

나는 쉼터 건물 앞을 벗어나 골목을 걸어 내려갔다.

"루다야, 아빠랑 얘기 좀 하자."

아빠가 나를 쫓아 달려왔다. 나는 뒤돌아보지 않았다.

"아빠랑 할 얘기 없어."

"너, 진짜 아빠 안 보고 살 거야?"

아빠를 만나자마자 그때까지 내 몸속을 얌전히 돌아다니던 작은 폭탄들이 투투툭, 마구 터졌다. 너무 한꺼번에 터져 나와서 나조차도 알 수가 없었다. 내가 지금 화가 난 건지, 아니면 슬픈 건지, 어떻게 하고 싶은 건지조차도.

"응. 아빠가 나가라며. 그래서 나갔는데, 뭐가 문제야."

"루다야."

"내 이름 부르지 마!"

나는 날카롭게 소리치며 뒤돌아봤다. 아빠는 내 뒤에 우두커니

서 있었다. 근 한 달 만에 보는 아빠는 좀 마르고, 까맣게 타 있었다. 투툭, 마지막 폭탄이 미약한 불꽃을 내며 터졌다. 푸시식, 회색 연기만이 내 몸 안에 가득 찼다.

연기를 뱉어 내고 싶어졌다. 그러기 위해, 대화를 하고 싶었다. 서로 매캐한 연기만 뿜어내다 끝날지도 모르지만 물어볼 수는 있을 터였다.

사진에서는 그냥 까맣기만 했던 풍경은, 어떤 퍼즐 조각이 되었는지를.

"이거 받아."

나는 가방에서 초대장을 꺼내 아빠에게 내밀었다.

14
레시피 파티를
시작합니다

토요일 오후 5시. 파티의 막이 올랐다. 무대는 아름 편의점. 걸어 놓은 '임시 휴업' 팻말이 무색하게 편의점 안은 활기찼다.

맨 먼저 온 사람은 이서우였다. 이서우는 삼각김밥을 구우면서 계속 문을 힐끔거렸다. 그러느라 삼각김밥을 세 개나 새까맣게 태워 먹었다.

"올까?"

"안 올 것 같아."

내가 넌지시 묻자 이서우는 고개를 가로저었다. 그러면서도 여전히 문에서 눈을 떼지 못했다.

두 번째로 온 사람은 서우 아줌마였다.

"내가 1등으로 오려고 했는데. 모임 다녀오니까 이 시간이네."

서우 아줌마는 할아버지의 소개로 알게 된 '아이를 잃은 부모 모임'에 나간다고 했다. 서우 아줌마는 일주일 전과는 달라 보였다. 멍한 유령 같던 얼굴에는 간간이 미소도 떠올랐다. 옷차림도 깔끔했고, 무엇보다 움직임에 생기가 있었다.

다음으로 온 사람은 도희였다. 도희는 초콜릿 쿠키를 마구 부수면서 내게 비밀 이야기라도 하듯이 속삭였다.

"나, 다음 주에 엄마 만나기로 했어. 긴장돼서 죽겠어. 무슨 이야기를 하지? 엄마가 나 못 알아볼 것 같아서 확 튀는 옷 입고 나가려고."

도희는 초콜릿 쿠키를 다 부수고는 바닐라 맛 과자까지 부수기 시작했다. 손을 가만히 놔두면 안정이 안 된다나. 도희의 수다를 들으며 나는 편의점에서 파는 대왕 슈크림의 봉지를 벗겨 냈다. 오늘을 위해 특별히 열 개나 발주해 두었었다. 나는 제과점에서 파는 것보다 두 배쯤 커다란 동그란 슈크림을 삼각형 모양으로 쌓아 올리기 시작했다.

"루다야, 뭐 만드는 거야?"

도희는 엄마를 만날 때 신고 나갈 신발 이야기를 끝내고서야 내가 무언가 만들고 있다는 걸 눈치챈 것 같았다.

"케이크."

"이게?"

미심쩍어하는 도희의 눈빛을 무시한 채 나는 슈크림 쌓는 작업을 이어 나갔다. 슈크림과 슈크림 사이에 전자레인지로 녹인 캐러멜을 붙여서 떨어지지 않게 고정해 나가는 데 의외로 집중력이 필요했다.

드디어 슈크림의 산이 삼각형 모양으로 완성되었을 때, 편의점 문이 열렸다. 누가 봐도 이서우를 닮은 여자가 안으로 들어왔다. 부엌에 있던 이서우가 엄마, 하고 부르며 밖으로 달려 나왔다.

"인사하세요. 여러분, 이쪽은 저 이서우의 엄마 한미진 여사님. 엄마, 여기 사람들이 다 나 축하해 준다고 모인 거야. 할아버지, 제 어머니세요."

이서우는 부산을 떨며 미진 아줌마를 소개했다. 미진 아줌마는 탁자에 앉은 할아버지 앞에 섰다. 미진 아줌마는 할아버지에게 "말씀 많이 들었습니다." 하고 인사를 건넸다. 나는 미진 아줌마에게 할아버지의 이야기를 한 게 이서우일지 학부쌤일지가 궁금했다.

"애가 상을 받은 것도 기쁘지만 좋은 사람들하고 함께인 것 같아서 더 기쁘네요."

미진 아줌마는 곧 사람들 사이에 녹아들었다. 미진 아줌마가 온 건 도희에게 특히 다행인 일이었다. 미진 아줌마는 도희가 아무렇게나 부수어 놓은 과자 가루로 컵케이크를 구워 내는 마법을 선보였다. 도희는 미진 아줌마에게 두 엄지를 들어 보이며 대단하다고 눈을 반짝였다. 조금 전까지만 해도 긴장된 모습이었던 도희는 어디에도 없었다.

전자레인지에서 달콤한 냄새가 새어 나오기 시작하자 편의점 안 분위기는 더욱 포근해졌다. 그 안에서 긴장하고 있는 건 오직 한 명, 이서우뿐이었다. 이서우는 어느새 삼각김밥 굽기도 포기하고 편의점 통창에 기대서서 밖을 내다보았다.

"올까?"

나는 다시 물었다.

"안 올 것 같은데……. 어, 이루다, 저기."

이서우가 갑자기 내 팔을 잡아끌었다. 순간 뺨에 열이 올랐다. 갑작스러운 이서우의 행동에 놀라서일 뿐이다. 절대, 이서우가 내 팔을 잡아서 설렜다거나 하는 게 아니라.

"야, 뭔데……."

내가 창밖을 내다보기도 전에 편의점 문이 열렸다. 학부쌤이었다. 학부쌤은 거칠게 문을 열고 들어와 편의점 안을 한 바퀴 휙 둘러봤다.

"이거 뭐, 파티를 이런 데에서 해."

학부쌤은 들어오자마자 투덜거리며 잔소리를 시작했다. 화기애애하던 편의점 안 분위기는 순식간에 가라앉았다. 잔소리가 이어질수록 내 옆에 선 이서우의 표정이 점점 굳어 갔다. 가만히 서 있던 미진 아줌마가 성큼 앞으로 나섰다.

"당신! 오늘 서우 축하 파티인 거 몰라? 여기 사람들이 서우 파티 해 준다고 정성껏 준비한 거야. 당신은 여기 뭐 하나 보탠 거 있어? 없잖아."

"아, 이왕 파티 할 거면 좀 멋진 곳에서 하는 게 좋을 것 같아서 그런 거지."

"그런 식으로 당신 기준에 안 맞는다고 깎아내리는 게 폭력이라고 내가 그랬지. 당신 그런 점을 더 이상 못 참겠다고."

미진 아줌마와 학부쌤은 서로를 노려보며 마주 섰다. 두 사람 사이에 보이지 않는 불꽃이 마구 튀는 것만 같았다.

"여기서 얘기할 게 아니지. 따라 나와, 당신!"

미진 아줌마는 학부쌤의 팔을 턱 잡고는 박력 넘치게 편의점 밖으로 끌고 나갔다. 학부쌤은 얼빠진 표정으로 팔을 휘젓다가 결국 미진 아줌마에게 끌려 나갔다. 내 옆에 서 있던 이서우가 허둥지둥 두 사람의 뒤를 따라 나갔다.

'아무리 봐도 미진 아줌마의 케이오 승일 것 같은데.'

편의점 창문 밖으로 나란히 서서 이야기하는 세 사람의 모습이 보였다. 어쩐지 무대의 한 막이 내려진 것만 같은 기분이었다. 허공을 헤매던 사람들의 시선은 곧 각자의 일로 돌아갔다. 나는 가방에서 비장의 무기, 초코 시럽을 꺼냈다. 삼각형의 슈크림 산을 변신시켜 줄 회심의 무기였다. 편의점에서 파는 초콜릿을 녹여서 뿌릴까도 생각해 봤지만 그건 아무래도 실처럼 예쁘게 뿌릴 수 있을 것 같지 않았다.

'실처럼 얇고 가늘게. 그게 포인트란 말이지.'

시럽 병을 손에 들고 슈크림 산 앞에 비장하게 섰다. 하지만 나는 초코 시럽을 뿌릴 수 없었다.

편의점 문이 열렸다.

* * *

"……내가 와도 되는 건지 모르겠지만."

울이는 쭈뼛거리며 들어와 내 옆에 섰다.

"초대장 받았잖아. 레시피는?"

그렇게 되었다. 나는 결국 울이에게 초대장을 보냈다. 보내고 나서 몇 번이나 후회했는지 모른다. 괜히 보냈다는 생각이 정말 하루에 수십 번도 더 들었다. 그럼에도 초대장을 보낸 이유는 단순했다. 보내지 않아도 후회할 것 같았으니까. 어느 쪽이든 후회하게 되어 있다면 덜 후회되는 쪽을 골라야지 싶었다.

그렇지만 역시, 울이를 마주하자 퉁명스러운 말투가 튀어나왔다. 당연한 일이었다. 이런 상황에서도 예쁘고 고운 말로 상대를 대하는 게 '착한 애'라면, 나는 평생 '착한 애'는 되고 싶지 않다.

"만들게! 엄청 근사한 레시피를 찾아왔어. 파티에 딱 어울리는 거."

두부 티라미수 레시피

1. 두부 한 모를 전자레인지에 살짝 돌려 물기를 없앤다.

2. 두부와 꿀 30그램, 두유 두 스푼을 넣고 믹서에 갈아 준다. 믹서가 없으면 손으로 아주 곱게 으깬다.

3. 카스텔라를 얇게 잘라 그릇 바닥에 깐다.

4. 카스텔라를 깐 그릇에 커피를 부어 카스텔라를 적신다.

5. 커피로 적신 카스텔라 위에 으깬 두부를 올려 준다. 카스텔라와 두부 층이 번갈아 가며 쌓이도록 두 번 더 반복한다.

6. 맨 위에 코코아 파우더를 뿌린다. 완성.

두부와 코코아라니. 절대 안 어울릴 것 같은 조합이었다. 하지만 두부를 으깨는 울이의 표정은 더없이 진지했다.

"티라미수가 그런 뜻이래. 나를 끌어 올려 주는 맛, 기분을 좋게 해 주는 맛이라는 뜻."

울이는 카스텔라를 자르고 커피를 컵에 붓는 동안 계속 내게 말을 걸었다. 나는 울이의 목소리가 들리지 않는 듯 슈크림 산 틈에 애꿎은 홈런볼만 끼워 넣었다. 더 이상 끼워 넣을 곳이 없을 때까지 끼우고 또 끼웠다.

"루다, 네가 이걸 먹고 기분이 좋아지면 좋겠어."

두부 티라미수가 완성되었다. 울이는 네모난 그릇에 차곡차곡 쌓인 티라미수를 내 앞으로 내밀었다. 나는 잠자코 숟가락을 들고 한 입 떠먹었다.

"어때?"

"……."

이걸 어떻게 대답해야 할까. 나는 숟가락을 든 채 앞에 놓인 티라미수를 탐문하듯 살펴보았다. 생긴 건 분명 훌륭한 티라미수다. 티라미수인데……. 나는 한 입 또 떠 넣었다.

"……재미있는 맛이 나."

도희와 서우 아줌마도 티라미수를 맛봤다. 두 사람의 표정도 오묘해졌다.

"이건 뭐랄까."

"맛이 있는 것도 같고, 없는 것도 같고. 건강한 맛과 불량한 맛이 동시에 나는 것 같은……. 그런…… 신비한 맛."

그때야 울이는 깨달은 듯했다. 자신이 무언가 엄청난 것을 만들었다는 사실을.

"어쩌지? 맛없나 봐."

울이의 눈썹이 아래로 축 처졌다. 나는 남은 티라미수를 가리키며 울이의 어깨를 툭 쳤다.

"이거 아예 왕창 만들어서 월요일에 반 애들한테 나눠 주자. 맛없는지 맛있는지 투표해 보라고. 뭐, 투표를 핑계로 하는 소심한 선물 겸 복수라고 생각해."

"학교에? 못 해. 내가 나눠 줘 봤자 아무도 안 먹을걸."

"나도 같이 나눠 줄 거야. 자기들 지은 죄가 있는 걸 알면 거절 못 하겠지."

내 대답에 울이는 눈을 깜빡였다. 축 처졌던 눈썹이 점차 반달 모양으로 휘어 올라갔다.

"그 말은……. 루다 너, 이젠 학교에서 나랑 말할 거야?"

"네가 이 음모에 함께할 생각이 있으면."

울이는 벌떡 일어나 나를 끌어안았다.

"할래. 당연히 하지! 루다야, 그럼 우리 다시 베프 하는 거지?"

"아니. 난 일단 리셋하려는 거야. 너랑 다시 친구 할지 안 할지는 출발선에서 다시 생각할래. 대신 널 원망하는 건 그만둘 거야."

나는 울이를 밀어 내며 선언했다. 아직 울이를 친근하게 끌어안을 수는 없었다. 그건 말 그대로 아직 이르다. 지금은 이 정도가 나의 최선이었다. 울이는 고개를 끄덕였다.

"나, 엄청 노력할 거야. 이번에는 무슨 일이 있어도 네 편 할 거라고."

울이가 두부 티라미수를 정리하는 동안, 나는 다시 초코 시럽 병을 들고 비장하게 슈크림 산 앞에 섰다. 초코 시럽 병을 여는데 밖에 서 있던 이서우가 편의점 안으로 돌아왔다.

"아빠랑 엄마는 요 앞 카페에서 좀 더 이야기하고 오시겠다네."

"괜찮아?"

이서우는 어깨를 으쓱여 보였다.

"나쁘지 않은 것 같아. 전에는 두 분이 싸우지도 않고 대화도 안 했거든. 아빠가 일방적으로 화내고 엄마는 침묵하고. 그때보다는 나아진 것 같아. 더 좋아진 거라고 생각할래. 그런데……."

이서우는 내가 만든 슈크림 산을 가리키며 물었다.

"이건 뭐야?"

"프랑스에 슈크림을 트리처럼 높게 쌓은 케이크가 있다고 하더라고. 그거 흉내 낸 거야. 좋은 일 있는 날에 먹는대."

크로캉부슈. 그 케이크를 알게 된 순간, 이거다 싶었다. 슈크림으로 만든 케이크라니. 이 케이크가 있으면 아름 편의점에서의 파티는 그야말로 '슈크림 타임'이 될 터였다. 힘든 일도, 슬프고 괴로운 기억도 달콤한 맛으로 바꾸어 주는 슈크림 타임.

"그럼 칵테일도 빠질 수 없겠네. 이번에야말로 만들어 줄게."

이서우는 코코넛 음료와 자몽에이드를 섞고 흔들기 시작했다. 할아버지는 이서우가 만든 음료를 한 모금 마시더니 정말 칵테일

맛이 난다며 감탄했다.

'예쁘게 뿌려져라, 예쁘게.'

나는 결의에 차서 슈크림 산 위에 초코 시럽을 뿌렸다.

크로캉부슈의 하이라이트는 슈크림 위로 실처럼 얇게 뿌려지는 시럽 장식이라고 했다. 내 어설픈 실력으로는, 더군다나 베이킹 도구도 없이 병째로 뿌리는 초코 시럽으로는 사진에서 본 것처럼 완벽하게 장식할 수 없을 걸 안다. 그래도 비슷하게 흉내라도 내 보고 싶다. 서툴러도 계속하다 보면 언젠가 완벽해질 수도 있을 테니까.

내가 뿌린 초콜릿 장식은 엉성했지만 사람들은 슈크림 케이크를 칭찬해 주었다. 한자리에 모여서 이서우가 만든 가짜 칵테일로 건배를 하고, 음식을 나누어 먹었다. 내가 만든 슈크림 케이크도 깨끗이 사라졌다.

그때까지도, 아빠는 나타나지 않았다.

우리만의 레시피

파티는 끝났다. 막은 모두 내렸고 사람들은 돌아갔다. 남은 건 뒷정리뿐이었다.

'결국 안 왔어, 아빠는.'

빈 그릇을 치우는데, 어쩐지 김이 빠졌다. 아빠가 오지 않았어도 충분히 즐거웠다. 오히려 아빠가 오지 않아서, 어색하게 마주 앉아 있지 않아도 되어서 다행이라고도 생각했다. 그런데 이 허전함은 뭘까. 슈크림이 담겨 있던 접시를 치우는데, 크림이 손가락에 묻었다. 혀로 살짝 핥았다.

엄마는 말했었다. 자기가 좋아하는 슈크림의 맛을 아빠와 나에게 알려 주고 싶었다고. 그래서 아빠와 나와 함께 '슈크림 타임'을 가지고 싶다고. 하지만 아빠와의 '슈크림 타임'은 이번에도 가지지 못했다.

'영영 이루어지지 않으면 어떻게 하지.'

혀에 닿은 크림 맛이 어쩐지 쓰기만 했다. 그런데 쿵, 편의점 문에 무언가 둔탁하게 부딪쳤다. 문밖에서 누군가 이마를 감싸고 안으로 들어왔다.

아빠였다.

"일찍 오려고 했는데 면접이 늦게 끝났어. 최대한 빨리 달려온 건데……. 이미 늦었니?"

아빠는 양복 차림에 머리를 뒤로 깔끔하게 넘겼다. 편의점 문에 부딪친 이마가 새빨갛게 부어오르고 있었다. 갑자기 나타난 아빠가, 처음 보는 차림새의 아빠가, 내 앞에서 허둥거리는 아빠가, 낯설었다. 낯선데, 어색하지는 않았다.

아빠는 편의점 안을 둘러보다 테이블 의자에 앉았다.

"루다 너, 여기서 알바하지?"

"나 쫓아다녔잖아. 다 알고 있는 거 아냐?"

아빠는 멋쩍게 머리를 긁적였다. 그 행동이 왈칵 반가웠다. 엄마가 세상을 떠난 후로 아빠는 내 앞에서 무엇도 하지 않았다. 머리를 긁지도 않았고, 하품을 하지도 않았다. 아빠의 얼굴에서 내가 읽어 낼 수 있는 건 오직 실망과 분노뿐이었다.

아빠는 돌아왔다. 돌아온 것 같다.

"점주님은? 우리 딸 고용주인데, 인사드려야지."

"인사는 무슨……. 할아버지, 나와 보세요. 우리 아빠 오셨어요."

내가 소리쳐 부르자 부엌에서 그릇을 정리하던 할아버지가 밖으로 나왔다. 아빠는 할아버지를 보자마자 자리에서 벌떡 일어났다.

"선생님!"

할아버지는 아빠를 빤히 바라보았다. 이제 나는 안다. 할아버지가 상대를 저렇게 보는 건 무언가를 떠올리기 위해서라는 걸. 지금 할아버지는 엉망이 된 머릿속을 뒤지고 있는 것이다. 상대방을 위해, 필사적으로.

아빠는 위로 올린 앞머리를 마구 흩트려 이마를 덮어 보였다.

"저 모르시겠어요? 저예요, 이서우!"

뭐? 이서우?

그 이름을 듣는 순간, 나도 아빠를 빤히 바라보았다.

'아빠가 이서우라고? 내가 찾아 헤맸던 그 이서우? 아빠 이름은 이형택인데?'

이게 무슨 상황인가 싶었다. 아빠가 할아버지를 선생님이라고 부르지를 않나, 자기 이름을 이서우라고 하지를 않나. 당혹스러웠다. 할아버지의 반응이 나를 더 당혹스럽게 했다.

"서우. 그래, 서우도 어른이 되었구나."

"선생님, 맞으시죠. 역시!"

아빠가 할아버지를 꽉 껴안았다. 할아버지는 어린아이를 다독이듯 아빠의 등을 천천히 다독였다.

"그래, 서우야."

할아버지와 아빠의 감동 어린 포옹을 나는 멀뚱멀뚱 바라볼 수밖에 없었다. 내가 할아버지와 아빠에 대해 알게 된 건 두 사람이 나눈 긴 대화를 듣고 나서였다. 편의점 테이블 의자에 앉아 서로 손을 맞잡고 한참이나 계속되었던 대화.

그건 그러니까, 이런 이야기였다.

* * *

이서우라는 남자애가 있었다. 폭력을 휘두르는 부모님을 피해 집을 나왔고, 혼자 지냈고, 약해 보이는 게 싫어서 머리를 염색했고, 아르바이트할 때면 바이크를 탔다. 남자애는 누군가를 때리지도 않았고, 학교에도 성실히 나갔다. 학교 일진들과 어울리지도 않았다. 단지 수업 시간에 자주 졸았고, 성적은 좋지 않았다.

남자애는 자신을 그냥저냥 평범한 학생이라 여겼다. 그러나 주변은 그렇게 보지 않았다. 남자애의 평판은 갈수록 나빠졌는데, 남자애를 핑곗거리로 내세우는 사람들이 많았기 때문이었다. 그들은 남자애의 명예를 위해 달려올 사람이 아무도 없음을 이유로 온

갖 곳에 남자애를 팔았다. 학교에서 일어난 폭력 사건도, 학교 밖에서 일어난 절도 사건도, 범인이 누구인지 알 수 없는 성희롱 사건까지, 모두 남자애가 한 일로 소문이 퍼졌다.

열아홉 살, 고등학교 3학년이 된 남자애의 담임은 할아버지였다. 만 예순두 살로 정년퇴직을 앞두고 마지막 담임을 맡은 거라고 했다. 할아버지는 다른 선생님들과 조금 달랐다. 남자애에게 소리 지르지 않았고, 때리지도 않았다.

"이서우, 그 녀석 때문에 선생님 반의 성적이 그 모양으로 나온 겁니다."

수학 선생님이 그렇게 말했을 때 할아버지는 역정을 냈다.

"그게 선생이 할 말입니까. 아이들의 학업 성취도가 부족한 것은 다 내 탓입니다. 그리고 서우, 그 아이는 수업을 참 열심히 듣습니다. 졸면서도 자꾸 자기 뺨을 때려요. 선생님은 그런 것을 하나도 알아주지 않잖습니까?"

그렇게 말해 준 것도, 서우가 바이크를 타다 다쳤다는 소식에 바로 달려와 준 것도, 대학에 가지 않겠다는 말에 나중에라도 가고 싶으면 일하면서 다닐 수 있는 곳을 찾아 주겠다고 말한 것도 오직 할아버지뿐이었다. 반 애들 중 몇몇은 할아버지가 담임이라 고루하고 지겹다고 말했지만 남자애는 할아버지가 마냥 좋았다. 할아버지를 좀 더 빨리 만났다면 무언가 달라졌을까 하는 생각을 종종

했다.

　남자애의 평판이 최악으로 치달은 것은 학기 말, 졸업식을 한 달 앞둔 때였다. 남자애의 여자 친구가 임신을 했다는 소문이 돌았다. 남자애는 교무실에 불려 갔고 일주일 정학 처분을 받았다.

　남자애는 편의점에서 맥주를 사 마셨다. 남자애가 술을 마신 건 그때가 처음이었는데, 설마 맥주 한 캔에 취할 줄은 몰랐다. 남자애는 편의점 한쪽에 토했고, 편의점 주인 할머니는 토사물을 치우지 않으면 경찰에 신고하겠다며 화를 냈다. 이미 만취 상태였던 남자애는 그대로 편의점 바닥에 쓰러져 잠들어 버렸다. 눈을 떴을 때에는 경찰서였다. 할아버지가 남자애를 내려다보고 있었다.

　"따라오세요."

　할아버지는 남자애의 손을 잡아끌었다. 남자애는 숙취에 시달리며 할아버지를 따라갔다.

　"우리 집이에요. 집사람은 여행 갔으니까 편하게 있어요."

　남자애는 거실 소파에 한참이나 드러누워 있었다. 담임 선생님이 왜 나를 여기로 데려온 걸까. 머리가 지끈거려서 제대로 된 생각을 할 수 없었다. 구수한 냄새가 코끝에 와닿았을 때에야 남자애는 정신을 차렸다.

　"같이 먹을까요."

　할아버지가 남자애 앞에 상을 놓았다. 밥과 김치 그리고 된장찌개. 따뜻한 국물을 보니 갑자기 속이 쓰려 왔다. 남자애는 된장국을 그릇째 들고 홀홀 마셨다. 무언가 입 안에서 물컹하게 씹혔다. 푹 익은 버섯 같은데, 좀 더 산미가 도는 것이 무척 맛있었다. 뭔가 싶어 국그릇을 내려다보았다.

"선생님, 된장찌개 안에 토마토가 있어요."

남자애는 잘못 봤나 싶어 다시 그릇 안을 봤다. 역시나 토마토였다. 붉은 토마토가 국물 위로 둥둥 떠 있었다.

"내 회심의 비법이에요. 아버지에게서 물려받았지요. 집사람 산후조리 할 때도 끓여 줬어요. 토마토가 몸의 독소를 빼내 주지요."

남자애는 꾸역꾸역 된장국과 밥을 몽땅 먹었다. 목이 메었다. 남자애는 결국 목 아래 걸린 말을 뱉어 냈다.

"전 이런 거 끓일 줄 몰라요. 엄마도 아빠도 한 번도 나한테 요리를 가르쳐 주지 않았어요. 라면 하나 제대로 못 끓인다고 화를 내기만 했어요. 선생님, 저는요, 뭐가 제일 무섭냐면요, 우리 부모님 같은 어른이 될까 봐, 부모님이 나한테 했던 것처럼 내 애한테 할까 봐, 내가 아는 아빠와 엄마는 우리 부모님뿐이니까……."

남자애는 울었다. 집을 나오고 처음으로 펑펑 울었다. 부모님에게 맞을 때에도 운 적이 없던 남자애는 그때 알았다. 사실은 쭉 울고 싶었다는 것을. 하지만 울어도 달래 줄 사람이 없으니까, 그럼 계속 울게 될 것 같아서 울지 못하고 있었다는 것을.

할아버지는 남자애의 울음이 잦아들 때까지 옆에 앉아 등을 다독였다.

"여자 친구, 사랑하나요?"

"그럼요. 저는요, 걔랑 같이 있으면 좀 더 나은 사람이 될 수 있을 것 같아요. 그렇게 되려고 노력할 힘이 나요."

"그거면 됐어요."

할아버지는 남자애에게 휴지를 건넸다. 남자애는 팽, 코를 풀었다.

"토마토 된장찌개 끓이는 법을 가르쳐 줄게요."

그날, 남자애는 처음으로 요리를 배웠다. 재료를 다듬고, 양념 비율을 맞추고, 불을 조절하는 것은 쉽지 않았다. 할아버지는 남자애에게 말했다. 좋아하는 사람이 맛있게 먹는 모습을 상상하면 하나도 번거롭지 않다고. 남자애의 여자 친구는 된장찌개를 좋아했고, 그래서 남자애는 된장찌개 끓이는 법을 꼼꼼하게 적었다. 그 모습을 지켜보던 할아버지가 말했다.

"버티세요. 버티다 보면 과거가 좋은 기억이 되는 날이 올 거예요."

그래서 남자애는 버텼다. 졸업식 전날까지 학교에 나갔다. 술에 취해 토했던 아름 편의점에 찾아가서 사과도 했다. 그게 인연이 되어 편의점에서 일을 하게 되었다.

졸업식 전날, 할아버지는 아름 편의점에 찾아왔다. 남자애는 할아버지에게 된장찌개를 끓여 주겠다고 했다.

"편의점에서요?"

"기대하세요."

남자애는 인스턴트 된장국에 케첩을 약간 넣어 할아버지 앞에 놓았다. 할아버지는 한 입 먹더니 오호, 하고 감탄했다.

"비슷하죠, 선생님이 끓여 준 거랑."

"그러네요. 맛있어요. 편의점 즉석 식품들로 만든 국이라도 서우 군이 정성껏 만들어 준 거라 그렇겠죠."

남자애는 그 말이 좋았다. 즉석으로 이루게 된 가족이라도 정성을 들이면 깊은 맛이 나는 된장찌개처럼 될 수 있다는 이야기인 것만 같았다.

"서우 군, 내일 졸업식에 올 거지요?"

"당연히 가야죠. 선생님 졸업식이기도 한데."

남자애는 웃었다. 그러나 다음 날, 남자애는 졸업식에 나타나지 않았다. 할아버지는 걱정이 되어서 다음 날에 다시 편의점으로 가려고 길을 건너다가 교통사고를 당했다.

그리고 열다섯 해가 흘렀다.

* * *

"그날, 졸업식 날 말입니다. 부모님이 돌아가셨다는 연락을 받았어요. 이상하지요. 그렇게 미워했는데, 부모님은 없는 셈치고 살기로 결심했었는데. 진짜 이 세상에 혼자가 되었다고 생각하니까……. 거기에 충격을 받은 제가 싫었습니다. 그래서 한동안 방황했어요. 여자 친구가 아니었으면, 루다가 태어나지 않으면, 버틸 수 없었을 겁니다."

내가 알지 못했던 아빠의 이야기가 내 앞에 흘러넘치듯 쌓였다. 나는 역시나 몰랐다. 아빠에게도 나와 같은 십 대 시절이 있었다는 것을. '이서우'라는 이름을 가졌던 남자애. 과거의 아빠와 만났다면 나는, 그 애와 친구가 될 수 있었을 것 같았다.

"루다가 태어난 날, 결심했습니다. 이름을 바꾸기로요. 부모님이 지어 준 이름이 아니라 내가 지은 이름으로 살아가자고. 절대 부모님 탓을 하지 말고 내가 책임지는 인생을 살자는 각오의 표시로요."

그래서 '이서우'는 '이형택'이 되었다.

"그래. 이름을 바꾸었군요. 그래서 루다 양이 이서우를 모른다고 했던 거였어요."

할아버지가 내게 이서우를 아느냐, 하고 물었던 것이 떠올랐다. 의아한 듯 나를 보던 눈빛까지도. 설마…….

"할아버지, 혹시, 제가 '이서우'의 딸일 수도 있다고 생각하셨던 거예요?"

할아버지는 고개를 끄덕였다.

"루다 양이 끓여 준 된장국 맛이, 내가 알던 것과 너무나 흡사하더군요. 된장국에 토마토를 넣는 게 많이들 하는 레시피도 아니고. 무엇보다 어떻게 잊어버리겠어요. 제자가 끓여 준 된장국 맛을."

"그럼 저한테 이서우를 찾아 달라고 한 건……. 혹시, 제가 편의점에 있으면 아빠가 찾아올 거라고 생각하신 거예요? 그럼 이서우를 찾게 되는 거니까?"

할아버지는 의미심장한 웃음을 나무늘보처럼 천천히 지어 보였다. 할아버지는 자리에서 일어나 부엌 안으로 들어갔다.

'괜히 했던 거네. 이서우를 찾기 위한 레시피 대회.'

하지만 나는 곧 고개를 가로저었다. 괜한 일이 아니었다. 레시피 대회가 아니었으면 오늘의 파티도 없었을 테니까.

할아버지는 부엌에서 인스턴트 된장국과 케첩, 구운 삼각김밥을 가지고 나왔다.

"저녁을 먹어야지요. 같이 먹읍시다."

할아버지와 아빠 그리고 나는 나란히 편의점 탁자에 앉았다. 아빠가 내게 따뜻한 된장국을 건네주었다. 나는 편의점 통유리 창 너머로 보이는 가로등이 꼭 별 같다고 생각했다. 어둠 속에서 빛나는 별. 슈크림 나무에 달면 크리스마스트리 위 별처럼 반짝반짝 빛날 터였다.

나는 된장국을 한 입 떠먹었다. 아빠도 삼각김밥을 베어 먹었다.

"맛있구나."

"응. 맛있어."

아빠. 아빠가 보고 온 밤하늘의 풍경은 어땠어? 그 기억은 어떤 퍼즐 조각이 되었어? 아빠는 지금도 엄마를 잊고 싶어? 아빠에게 물어보고 싶은 것도, 하고 싶은 말도 아주 많았다. 나는 밥알을 꼭꼭 씹었다. 앞으로 아빠와의 대화도 천천히, 꼭꼭 씹어 삼켜 나가고 싶었다.

같은 맛을 나누는 시간. 나는 알았다. 지금이 우리의 '슈크림 타임'이었다.

'이서우 찾기 성공. 다음에는 특별 레시피 만들기 대회를 열어 볼까.'

도도하게, 혼자서도 잘 사는 길고양이는 포기. 다음 목표 설정 완료. 만드는 것이다. 좀 이상하고, 서툴고, 남들이 보기에는 조잡하고 엉망일지 몰라도 한 입 먹으면 속이 따뜻해지는, 그런 마법과 같은 레시피.

아주 특별한, 우리만의 레시피를.

작가의 말

한밤중에 작업을 하다가 종종 편의점에 갑니다. 배가 고파서이기도 하지만, 어둠 속에서 환하게 빛을 밝히고 있는 그 모습이 보고 싶을 때가 있습니다.

생각해 보면 편의점은 어디에든 있습니다. 그곳은 식당이었다가, 간식 공급처였다가, 약속 없이도 친구들을 만날 수 있는 만남의 장소가 되기도 합니다. 그러니깐 편의점을 가고 싶어지는 건 언제든 찾아갈 수 있는 어딘가가 있다는 안도감을 얻고 싶은 것이구나 싶습니다.

1982년에 우리나라 최초의 편의점이 문을 연 이후, 세월이 흐르면서 편의점은 조금씩 변해 왔습니다. 편의점을 대하는 사람들의 정서도 변했습니다. 예전에 집 앞 슈퍼마켓에서 느꼈던 편안함을 편의점에서 느끼는 사람들이 생긴 거지요. 변해 가는 것을 제대로 바라보는 것은 중요합니다. 그렇지 않으면 변하게 해야 할 것도 볼 수 없습니다.

2021년, 경찰청은 편의점 업계와 함께 '도담도담' 캠페인을 전개했습니다. 국내 편의점 2만여 개 점포에 아동 학대 신고 동참 포스터를 붙이고, 편의점 근무자를 아동 학대 신고 요원으로 지정하는 등의 활동을 전개했습니다. 아동 학대 피해자가 가장 쉽게 찾아갈 수 있는 곳 중 하나가 편의점임을 인식한 결과입니다.

청소년 쉼터에 대한 인식 역시 변하고 있고, 더욱 변해 가야 한다고 생각합니다. 예전에는 청소년의 탈가정 문제를 청소년 개인의 문제로 여기는 사람들이 지금보다 훨씬 많았습니다. 어째서 청소년이 가정을 떠나야 했는지, 사회 구조적인 문제를 살펴보려 하지 않고 단순한 개인의 일탈로 문제를 축소해 바라보았습니다.

하지만 가정이, 학교가 제대로 된 환경을 제공한다면 굳이 고생길에 나설 사람이 얼마나 될까요. 여기서 '제대로 된 환경'은 경제적 방임은 물론 정서적 방임이 일어나지 않는 것 역시 포함됩니다. 이전 세대에서는 정서적 방임으로 여겨지지 않던 것들이, 세대가 바뀌면서 방임임을 깨닫게 된 것들이 있습니다.

소설 속에서 학부쌤이 이서우에게 하듯이, 부모가 바라는 진로를 강요하며 아이의 이야기를 제대로 들어 주지 않는 것 역시 정서적 방임입니다. 예전에는 이러한 행동이 사랑에서 비롯된 것이라며 부모의 잘못을 인정하지 않는 경우가 상당히 많았습니다. 그러한 환경에서 자란 아이는 어른이 되어 그것이 잘못임을 모르고 자신의 아이에게 똑같은 잘못을 저지르게 됩니다. 이제는 다양한 의견 교환의 장을 통해 그러한 일이 '잘못된 일'이라는 걸 인지한 청소년들은 부모와의 갈등을 겪기도 하지요.

잘못을 잘못인 줄 모르는 부모와 잘못을 잘못이라고 외치는 아이. 어느 쪽이 변해야 할까요. '예전부터 그래 왔다.'는 것은 더 이상 변명이 되지 않습니다. 청소년 쉼터에 대한 편견 어린 시선에도 똑같이 적용되는 말입니다.

소설 속 레시피는 대중적이고, 누구나 만들 수 있는 것들입니다. 하지만 어떤 상황에서, 누구와, 어디서 만들고 먹는가에 따라 흔한 레시피가 온전히 자기만의 것이 되기도 합니다. 아마 루다는 앞으로도 간단 부대찌개를 먹을 때면 할아버지가 해 준 위로를 기억할 겁니다. 음식은 기억이 되어 사람 안에 남습니다. 그것이 아무리 흔한 음식이라도, 그 기억은 자신만의 것입니다.

즐거운 작업을 할 수 있게 해 주신 탐 출판사와 이슬 편집자님, 신정선 편집자님, 나를 기억해 주고 출판사와 인연이 닿게 해 준 Y님, 우울할 때면 슈크림을 먹으라고 말해 주었던 친구 K에게 고마움을 전합니다.

무엇보다 읽어 주신 독자분들, 감사합니다. 어디선가 다시 만나기를 바랍니다.

2021년 4월

범유진

우리만의 편의점 레시피

초판 1쇄 2021년 4월 30일
초판 5쇄 2023년 3월 27일

지은이 범유진

책임편집 이슬
마케팅 강백산, 강지연
디자인 이정화

펴낸이 이재일
펴낸곳 토토북
주소 04034 서울시 마포구 양화로11길 18, 3층 (서교동, 원오빌딩)
전화 02-332-6255
팩스 02-6919-2854
홈페이지 www.totobook.com
전자우편 totobooks@hanmail.net
출판등록 2002년 5월 30일 제10-2394호
ISBN 978-89-6496-447-7 43810

· 잘못된 책은 구입하신 곳에서 바꾸어 드립니다.
· '탐'은 토토북의 청소년 출판 전문 브랜드입니다.